LA BRUJA DEL BOSQUE

La bruja del bosque

Ramón G. Guillén

Número de Control de la Biblioteca del Congreso de EE. UU.:   2015903491
ISBN: Tapa Dura   978-1-5065-0126-0
               Tapa Blanda   978-1-5065-0125-3
               Libro Electrónico   978-1-5065-0124-6

Información de la imprenta disponible en la última página.

Fecha de revisión: 03/11/2015

Para realizar pedidos de este libro, contacte con:
Palibrio
1663 Liberty Drive
Suite 200
Bloomington, IN 47403
Gratis desde EE. UU. al 877.407.5847
Gratis desde México al 01.800.288.2243
Gratis desde España al 900.866.949
Desde otro país al +1.812.671.9757
Fax: 01.812.355.1576
ventas@palibrio.com
707523

ÍNDICE

Pensamiento Del Autor vii

Prologo ix

Capítulo 1 La Llegada Del Obispo 1

Capítulo 2 Alicia En Manos De La Bondad 10

Capítulo 3 Casandra 37

Capítulo 4 La Amistad De Los Lobos 55

Capítulo 5 El Amor Puro De Casandra 62

Capítulo 6 Adiós Al Bosque Y La Llegada
A La Ciudad 80

Pensamiento Del Autor

Señor, Tú eres mi mente y mi inspiración. Gracias por este libro. Te pido que todo el que lea este libro vea más allá de las palabras.

Ramón G. Guillén

Prologo

El ser humano que se cree bueno cometiendo los actos más crueles y diabólicos en nombre de Dios y la humanidad.

La desolación más terrible que puede sentir un ser humano al huir de la maldad del hombre.

El amor más puro e inocente de una mujer hacia un hombre.

La traición más infame y cobarde cuando el ser humano olvida el bien que le han hecho, y después dar la espalda al que le hizo el bien.

Al terminar de leer este libro te pondrá en una zona de sentimientos encontrados que sin duda alguna tendrás que reflexionar sobre la maldad, la bondad, el amor y la traición.

Ramón G. Guillén

Capítulo 1

La Llegada Del Obispo

Tocaron a la puerta, y Alicia la abrió, y era la joven Ada que tenía a su bebé de tres semanas de nacido, y Alicia le dice:

—Pasa, Ada, ¿qué te trae por aquí?

—Alicia, mi bebé que no deja de llorar. Pienso que está enfermo.

—A ver, déjame verlo.

Alicia miró al bebé, tomó una de sus manitas, y luego le puso la mano en el cachete y en la frente.

—No tiene fiebre, son los cólicos, No te preocupes, ahorita le preparo un té para el cólico.

Y Alicia agarró un poco de manzanilla y la puso a hervir. Luego le dice a Ada:

—Acuesta al bebé aquí en la mesa.

La joven madre puso al bebé en la mesa, y mientras hervía la manzanilla; Alicia le puso unas gotitas de aceite de manzanilla en su abdomen y empezó a sobárselo delicadamente, luego le empezó a doblar las piernitas contra el abdomen para tratar de sacarle los gases.

—¿Quién te ayudó con tu parto?

Le preguntó Alicia a la joven madre:

—Salomé.

—Ah, ella es una buena partera. ¡Ay!, mi hija, eres muy jovencita para que tú ya seas mamá.

¿Cuántos años tienes?

—Diecisiete.

Todo el pueblo acudía a Alicia para aliviar sus múltiples dolencias, porque era una mujer muy sabia en remedios y plantas medicinales. Pues su sabiduría en medicina natural la había heredado de sus antepasados. Y también acudían a visitarla la gente supersticiosa; para que les adivinara el futuro, los curara del mal de ojo, brujería, encantamiento y hechizo. Y le parecía divertido ayudar a esa gente porque los mandaba a sus casas con una sonrisa y una esperanza. Todo el pueblo la quería mucho, porque ayudaba a muchos a calmar sus dolores con sus remedios, y a los pobres no les cobraba. Alicia era una mujer bella, y tenía aproximadamente treinta años de edad, y desde muy temprana edad ayudaba al pueblo. Cuando iba al mercado con su canasta; algunos no le cobraban por las verduras y frutas de agradecimiento por sus remedios. Terminó de hervir la hierba, enfrió el té, le dio unas cucharaditas del té al bebé, y a los pocos momentos dejó de llorar el niño, y se quedó dormido en los brazos de su madre. Alicia le dio la infusión en un contenedor a la madre, y luego la madre se retiró con su bebé. Después de que Alicia se quedó sola le entró una tristeza muy profunda, pues, ella deseaba un hijo, y por más que había tratado; no quedaba embarazada. Escuchó relinchar al caballo, y se dio cuenta que su marido regresaba ya del trabajo y se puso a calentar la cena. El marido abrió la puerta; ve a su esposa calentando la comida; la abraza por detrás; y le dice:

—Te extrañé, mucho, mi amor.

—Yo, también, Alejandro.

Dice Alicia, y luego añadió:

—Te preparé el guisado que más te gusta. Y ni adivinas porqué.

Alejandro se quedó pensando por unos segundos, luego dijo:

—Porqué… me quieres.

—¡No!, parece que todos los hombres son iguales, siempre se olvidan. Hoy es nuestro aniversario de nuestro matrimonio.

—¡Perdóname!, Alicia, se me olvidó por completo. ¿Entonces, hoy cumplimos trece años de casados? Se me ha hecho tan corto, parece que fue ayer cuando nos casamos. El trece es mi número favorito.

—Nunca me has dicho porqué el número trece es tu número favorito.

—Porque doce eran los apóstoles, y con mi señor Jesús eran trece... Pero, mañana no trabajas con tus enfermos, y nos vamos de compras todo el día, comemos en el pueblo, y luego; vamos a la inauguración de la Iglesia y a la misa que va a celebrar el obispo.

Y Alicia puso la olla del guisado en la mesa, y mientras le servía un plato de comida a Alejandro, le pregunta:

—¿Ya terminaron de construir la catedral?

—Sí, hoy fue el último día que trabajé en la catedral, ya está terminada.

—Te cuento que hoy atendí a un bebé, y cuando la joven madre se retiró; sentí una tristeza muy profunda.

—¿Por qué?

—Porque quiero un hijo y no he quedado embarazada.

—Presiento que esta noche quedaras embarazada.

—¿Por qué dices eso?

—Porque el número trece es mi número favorito, porque hoy cumplimos trece años de casados.

—Jesús nos haga el milagro.

Dijo Alicia.

El siguiente día, la pasó muy feliz Alicia en el pueblo con Alejandro, Pues Alicia se había enamorado de su esposo desde que tenía quince años de edad, y todavía ardía la misma chispa de amor en ella desde aquel entonces. Se llegó la hora de la misa y se dirigieron hacia la catedral. Se sentaron enfrente, porque Alejandro era muy devoto de Jesús, y en su corazón lo consideraba como su hermano, como su maestro. Y estaba feliz de estar allí para escuchar al obispo. Y ya en el sermón; así habló el obispo:

—Hermanos, desde hoy cambia su vida, desde hoy se les enseña que no hay salvación sin la creencia en Dios y Jesús, y la enseñanza de Jesús es: "amaos unos a otros", así que si nos amamos unos a los otros habrá paz y armonía. Y para que haya paz y armonía todos debemos de creer en Dios, en Jesús, y en la iglesia cristiana católica apostólica romana. Y como a la iglesia católica apostólica romana le interesa que toda alma se salve; está decidida a acabar con la herejía.

Y así, Alejandro escuchó el sermón del obispo, y estuvo de acuerdo con todo lo que habló, porque sentía en su corazón que todos debían aprender las enseñanzas de Jesús.

Pasaron las semanas, y Alicia esperaba con ansias a su marido que había ido al pueblo a traer provisiones para darle la buena noticia, pues se había dado cuenta que tenía dos meses de embarazo, y al mismo tiempo se daba cuenta que cada día venía menos gente a visitarla para comprar sus remedios. Pues ella y su marido vivían a las afueras del pueblo, y no se daban cuenta de lo que estaba pasando en el pueblo. Por fin, llegó Alejandro cargando las provisiones, cuando las puso en la mesa; Alicia se acercó, le agarró la mano, y le dice:

—Alejandro, ¡ya estoy embarazada!

—¡Bendito, sea Dios, qué gran felicidad!

Dijo Alejandro mientras la abrazaba, y luego continúo:

—Fíjate que escuché rumores que el obispo ha empezado a apresar a los que se piensan que son herejes, y hay rumores de que son castigados y torturados, y también ha prohibido que visiten a curanderas.

—Ahora, entiendo, porque cada día vienen menos personas a visitarme.

—No te preocupes, con lo que dan las tierras tenemos de sobra, además, ya es tiempo de que tú ya no trabajes tanto, llevas muchos años atendiendo a enfermos. Ahora te dedicaras a mi hijo cuando nazca.

Por el otro lado, el obispo era un hombre cruel, sin piedad ni misericordia, pues traía todas las enseñanzas de la santa inquisición, incluyendo los métodos más crueles, inhumanos y diabólicos de tortura que se usaban para hacer a las personas confesar, y estaba decidido a aplicarlos.

Pasaron los meses, y Alicia esperaba con ansias la llegada de su bebé, y era una mujer feliz. Su esposo llegó del pueblo todo agitado. Y Alicia le pregunta:

—¿Por qué bienes así?

El esposo habló:

—Acabo de presenciar algo horrible.

—¿Qué?

—La santa inquisición…, el obispo quemó en la hoguera a una mujer que confesó ser una bruja, y tiene presas a otras mujeres que se creen que son brujas. Y me temo que vengan por ti también.

—Pero…, ¡¿por mí?… Yo no soy una bruja!

—Lo sé, pero a todas las mujeres que tiene encerradas; son las mujeres curanderas del pueblo. Agarremos lo más necesario, y nos tenemos que marchar ya.

En eso llegó una patrulla de la santa inquisición a la propiedad de Alejandro y Alicia. Aún estaban retirados de la casa, y Alejandro le dice:

—¡Toma el caballo ensillado que está atrás de la casa, y huye al bosque, una vez que llegues al bosque, ve a lo más profundo del bosque, yo te busco luego! Yo hablo con ellos mientras tú huyes.

Alejandro salió a recibir a los soldados de la santa inquisición, y les dice:

—¿En qué les puedo ayudar señores?

—Venimos por tu esposa.

—Ella no está en este momento.

—¿Dónde está?

—Salió de compras, señor.

—Entren y revisen toda la casa.

Dijo el soldado que hablaba con Alejandro.

Después, salen los soldados de la casa, y dice uno de ellos:

—No hay nadie en la casa.

—Bien, arresten a este hombre, y llevémoslo como garantía por su mujer.

Y Alejandro fue arrestado por la santa inquisición y llevado al subterráneo de la catedral que estaba siendo usado como cárcel y cuartel de tortura por el obispo. Ya en la celda donde lo encerraron sintió una gran desolación por la tragedia que estaba viviendo, se hincó de rodillas y empezó a rezar diciendo:

—¡Mi señor Jesús, que se haga tu voluntad conmigo, pero que Alicia esté a salvo!

Y escuchó gritos de tortura, y sintió temor, y sintió en su corazón la aflicción, la desolación y la tristeza más grande que nunca había sentido.

Por el otro lado, Alicia se adentró toda la noche en el bosque. Ya en la madrugada la venció el cansancio, desmontó de su caballo, se recargó en un árbol y descansó por unas horas, se despertó, y se acordó de Alejandro que le dijo:

—Ve a lo más profundo del bosque, yo te busco luego.

Montó el caballo y prosiguió hacia las entrañas del bosque. Agotó toda la noche sus lágrimas, y ahora sólo le quedaba la más terrible soledad en su corazón que una mujer puede sentir. Y le estaba siendo tan difícil digerir su tragedia, y se preguntaba a sí misma:

—¿Cómo puede cambiar la vida de un ser humano de un momento a otro? ¡Oh!, que feliz era antes de que llegara el obispo al pueblo.

Caminó tres días y tres noches hacia las profundidades del bosque, ahuyentando los lobos por las noches mientras descansaba o caminaba. Hasta que le fallaron las fuerzas. Caminaba jalando el caballo; hasta que cayó desmayada, hambrienta, sedienta y sin fuerzas.

Capítulo 2

Alicia En Manos De La Bondad

Alicia fue encontrada por un anciano que tenía su casa en una planada en lo más profundo del bosque.

Alicia despertó, y vio al anciano cocinando, y dice:

—¿Dónde estoy?

El anciano se volteó, y le dijo:

—Ah, ya despertaste. Estás en mi casa. ¿Tienes hambre?

—Sí, mucha.

—Bien, ven acércate a la mesa.

Alicia se acercó, y le pregunta al anciano:

—¿Vives solo, aquí?

—Sí… Tuviste suerte que te encontrara a tiempo, sino hubieras sido un buen banquete para los lobos… ¿Por qué vienes huyendo? Porque ésa debe de ser la única razón por la cual has llegado a este lugar tan lejos de la civilización.

—El obispo que llegó a la ciudad; empezó a apresar a todas las mujeres que practican la medicina natural, y las ha juzgado de brujas, y están siendo torturadas y quemadas en la hoguera. Y cuando llegaron a mi casa a aprenderme; mientras mi esposo los entretenía hablando con ellos, yo escapé.

—Y, ¿tu esposo?

—Él me dijo que viniera a lo más profundo del bosque, y que después él me buscaba. Así que me puede encontrar de un momento a otro.

—¿Cómo te llamas?

—Alicia.

—Yo soy Bernardo. No te preocupes, Alicia, aquí no te encontraran, estamos muy lejos de la ciudad.

Alicia no dijo nada más, pues estaba muy hambrienta para seguir conversando, y se dedicó a terminar la comida que le sirvió Bernardo. Después que terminó de comer Bernardo, le dice:

—Te voy a enseñar la casa, y luego te enseño el jardín.

La casa de Bernardo era espaciosa, tenía dos cuartos para dormir, y una escalera que llevaba a un ático grande que podía ser usado como otro cuarto, pero que Bernardo usaba como almacén. Y la había construido con la madera del bosque. Bernardo abrió una puerta de la cocina, y le dice:

—Aquí está la provisión, los utensilios como puedes ver están todos afuera ordenados. Aquí en este lugar están las semillas para sembrar, como: maíz, calabazas, frijol, lentejas, tomates, zanahorias, lechuga, rábanos y muchas más.

Bernardo caminó hacia una puerta, la abrió, y le dice:

—Y este es el cuarto donde vas a dormir.

Luego se dirigió hacia afuera, abrió la puerta para salir de la casa, salieron; y Alicia se encontró con el panorama más bello que nunca había visto, y eso hizo que por un momento se olvidara de su agonía. Luego le enseñó el jardín que estaba sembrado de vegetales a los lados y atrás de la casa. Se miraba la cascada que descendía de la montaña, y Bernardo señalándola dice:

—Y tenemos agua de la cascada todo el año.

Pasaron los días, y Alicia se preocupaba, porque Alejandro no llegaba, y le dice a Bernardo:

—Bernardo, estoy muy preocupada, algo malo pasó, pues ya era tiempo de que Alejandro me hubiera encontrado.

—Iré al pueblo, y averiguaré qué pasó con tu esposo, mañana temprano salgo.

—Bernardo, ve a mi casa, y hazme el favor de traerme toda mi ropa, mis libros de mis remedios, y cosas que sean necesarias tener aquí en tu cabaña. Ah, y todo el dinero de nuestros ahorros está detrás del único cuadro grande que hay en la casa; pintado por un artista. Allí en el corral debe de haber otro caballo, que te sirva para cargarlo.

Y la siguiente mañana, Bernardo salió rumbo a la ciudad para saber del paradero de Alejandro.

Se llegó el día de la audiencia de Alejandro con el tribunal de justicia de la santa inquisición. Llegaron los guardias a la celda donde estaba Alejandro, lo estrujaron y lo encadenaron de los pies y de las manos, y al sentir las cadenas y los grilletes en sus manos y en sus pies; hizo que se apoderara más de él; el miedo y la tristeza, y sintió las lágrimas rodar por sus mejillas ya marchitas por la desnutrición. Cuando llegó al lugar de interrogación; ya estaba allí el obispo con algunos frailes y los verdugos. Observó al obispo, un hombre maduro, con aspecto duro, y a su vestuario que resplandecía de color rojo y blanco, con un crucifico grande, colgado de su cuello que le llegaba abajo del pecho. El prelado le dice con una voz que pareció bondadosa:

—Mira, hijo, esos son los instrumentos que se usan para las personas que no quieren confesar.

Alejandro se volteó hacia atrás, y observó por un momento los instrumentos de tortura manchados de sangre por todas partes, y sintió que le entró un temor desde los dedos de los pies hasta la cabeza. Y luego se voltea hacia el obispo. Y el obispo le dice:

—No tenemos que usar ningún instrumento de dolor, hijo mío, sólo dime, ¿dónde está tu mujer? Para dejarte en libertad y puedas regresar a tu casa.

Alejandro contestó:

—No lo sé, su señoría.

El obispo hizo una seña moviendo la cabeza hacia abajo y frunciendo el entrecejo a los frailes. Los frailes se dejaron ir sobre Alejandro como lobos rapaces, y le desgarraron la ropa hasta que quedó completamente desnudo. Luego el obispo le dice al verdugo:

—Arrima la silla.

El verdugo arrimó la silla, la cual estaba llena de púas en el asiento, donde descansa la espalda y los brazos, y le hace señas al verdugo para que siente a Alejandro. Alejandro fue sentado y amarrado en la silla, y el obispo continúo con el interrogatorio:

—dime, ¿dónde está tu esposa? Y tendré misericordia contigo.

Alejandro no contestó, y se dio cuenta que los verdugos preparaban los instrumentos de tortura para ser usados contra él por el olor que despedía el hierro al rojo vivo, y por el rechinido de la rueda y el movimiento de las mesas. Entonces el obispo le hace otra seña al verdugo que ya tenía lista una varilla de metal caliente al rojo vivo. El verdugo se acercó a Alejandro, y le puso la punta de la varilla en el muslo de una pierna a Alejandro, cuando Alejandro sintió el dolor por la punta de la varilla; gritó de dolor, y su cuerpo se sacudió, y docenas de picos de las púas penetraron la carne de su cuerpo. El obispo, ahora ya con voz severa, le vuelve a preguntar:

—¿Dónde está tu mujer?

Alejandro no contestó, y el obispo le hizo la seña al verdugo para que tocara la otra pierna con la varilla caliente. Alejandro se estremeció de vuelta, y más púas penetraron su carne de su cuerpo. Y luego el obispo dice:

—Remuévanlo de la silla para ser azotado.

Los verdugos lo desamarraron de la silla, y al levantarlo empezó a sangrar por todos los clavos que habían penetrado su cuerpo. Luego le ataron las manos y fue dirigido al lugar donde se azotaba a los castigados. Ya estando listo para ser azotado se acercó el obispo, y le dice:

—Tarde o temprano nos vas a decir dónde está la bruja de tu mujer.

Alejandro contestó:

—¿Por qué nos persigues?..., mi esposa no es una bruja, nosotros somos gente de bien, a nadie le hemos hecho mal.

—Entonces, ¿por qué escapó?

Preguntó el obispo:

—Para escapar tu furia, y de tu maldad.

Dijo Alejandro. Y un fraile le da una bofetada, y dice:

—Este hombre debe de estar poseído por hablarle así a un obispo.

El obispo con una seña hizo que empezaran a azotarlo, después de un par de docenas de azotes Alejandro perdió el conocimiento. Cuando despertó se encontró atado en la mesa donde iba a ser torturado con agua, y después iba a ser estirado de los pies y de los brazos. Y el obispo le dice:

—Ya, que no has querido decir dónde está tu esposa, confiesa que ella es una bruja, y tendré misericordia contigo.

Alejandro dijo:

—Mi esposa no es una bruja.

Luego el obispo dijo:

—Hay testigos que la vieron hacer brebajes, y usar magia para curar hechizos, mal de ojo, encantamientos y adivinar la suerte.

—No, su señoría, mi esposa no es una bruja, ella es muy sabia en el conocimiento de plantas que sirven para curar enfermedades.

El obispo ya enfadado y molesto porque Alejandro no confesaba que su esposa era una bruja; le dice al verdugo que iba a ejecutar la siguiente tortura de agua:

—Prosigue.

Y empezó la tortura con agua.

Alejandro se sintió morir de asfixia, y después de un rato pararon con la tortura de agua.

Luego Alejandro le dice al obispo:

—Maldigo el día que viniste a este mundo, maldigo el día que te conocí, maldigo el día que se construyó esta iglesia.

Luego un padre que estaba allí, dijo:

—Este hombre no va a confesar porque tiene alianza con el demonio. Sólo un hombre que tiene alianza con el demonio; maldice a un obispo, y a la iglesia.

Luego el obispo le dice:

—Confiesa que tienes alianza con Satanás, y que tu esposa es una bruja, y tendré misericordia de ti.

Alejandro no dijo nada, y el obispo dio órdenes de que prosiguieran con la siguiente tortura: que era estirarle los brazos y las piernas. Alejandro sintió el dolor más terrible que un ser humano puede resistir al sentir que sus brazos y piernas estaban siendo descuartizados, e hizo señas que quería hablar, y confesó que, sí, que su esposa era una bruja y que él tenía alianza con el demonio. Y lloró amargamente por no haber podido resistir el dolor y por haber confesado lo que no era. Y el obispo se sintió orgulloso, porque comprobó una vez más que sus métodos de tortura no fallaron para salvar otra alma, y por su experiencia en las leyes de la inquisición, y en los métodos de tortura que eran los más crueles, diabólicos e inhumanos. Pues la experiencia del obispo era extensa en acusaciones y torturas. Pues venía de un reino donde la inquisición en sus cárceles más sucias, hediondas, infestadas de ratas, cucarachas, arañas e insectos; tenía a mujeres y a hombres acusados de toda clase de delitos, como: herejía, brujería, blasfemia, unión sexual con el diablo, adulterio, magia blanca erótica, magia negra, actos libidinosos, maleficio, sortilegio, hechicería, encantamiento, brebajes y muchos más. Y donde por orden del obispo había presos que llevaban años; o hasta décadas, encerrados por no querer confesar. Pero la confesión de Alejandro no era completa, pues todavía no había dicho dónde estaba su mujer. Y el obispo se puso a pensar cuál tortura sería la siguiente para que él confesará dónde se escondía su esposa. Y la tortura tenía que ser una tortura donde él no perdiera la vida, y pensó en el machacador de cabeza, y se dijo en su adentro:

—No, muy arriesgado.

Luego pensó en la doncella de hierro, y se dijo:

—No, ya no resistiría.

Pensó en la rueda, en la cuna de judas, en el toro de falaris, y al fin decidió por despellejar la piel de Alejandro. Luego el obispo le dice:

—Dime, ¿dónde está tu mujer? Y así no tienen que despellejar tu piel.

Alejandro escuchaba el ruido que hacían las piedras que afilaban las navajas, y le entró el terror más terrible que un hombre puede sentir. Cesó el ruido de las piedras que afilaban las navajas, se acercó el verdugo que iba a despellejar su piel, y al verlo; de miedo se orinó Alejandro, serró sus ojos, y dijo:

—¡Jesús, mi hermano del alma y de mi corazón, dame fuerzas para resistir este dolor!

Y empezó el verdugo a despellejar la piel del cuerpo de Alejandro, y Alejandro no pudo resistir el dolor, y dijo que quería confesar, y confesó que su esposa había huido al bosque. Y allí mismo el tribunal de justicia de la santa inquisición encontró culpable a Alejandro de tener alianza con el diablo, y de herejía por tener a una mujer bruja como esposa, y dictó sentencia, y condenaron a Alejandro para ser ejecutado públicamente en la guillotina el siguiente día. Los verdugos cargaron a Alejandro y lo llevaron a la celda, lo arrojaron al suelo, y por el golpe al caer perdió el conocimiento. Al cabo de un rato se despertó al sentir el dolor por las ratas que estaban devorando su cuerpo, ahuyentó las ratas y se arrastró hacia una esquina de la celda. Y la santa inquisición dio órdenes que se corriera la voz que Alejandro había confesado que Alicia su esposa; sí era una bruja, y que él tenía alianza con el diablo, y que mañana al medio día sería ejecutado públicamente en la plaza de la ciudad por la decapitación. El siguiente día, llegaron los soldados de la inquisición acompañados por algunos frailes a la mazmorra para llevar a Alejandro a la plaza de la ciudad para ser ejecutado públicamente. Cuando recogieron a Alejandro, Alejandro le dice a uno de los frailes:

—Padre, no me saquen desnudo, dame algo para ponerme.

El fraile le escupió la cara, y le dice:

—Cállate, hijo de Satanás.

El fraile más joven se quitó su túnica; hizo parar a los soldados; y se la puso a Alejandro, y Alejandro le dio las gracias.

Bernardo llegó a la ciudad, y vio un mundo de gente, y le pregunta a un hombre:

—¿Qué celebran, qué hay tanta gente en la plaza?

—No es una celebración, es una ejecución.

Dijo el hombre.

Luego volvió a preguntar Bernardo:

—¿A quién van a ejecutar?

—A Alejandro, que confesó que tenía alianza con el diablo, y que su esposa, Alicia, es una bruja.

—¿Ya ejecutaron a Alicia?

—No, ella escapó al bosque.

—No me acuerdo dónde vivía este hombre.

Dijo Bernardo, con la intención de que el hombre le dijera dónde estaba la casa de Alejandro.

—Es la última casa que está afuera del pueblo, la más cercana al bosque.

—Ah, ya recuerdo.

Dijo Bernardo.

Colocaron a Alejandro en la guillotina, y antes que el verdugo soltara la navaja, Alejandro dijo:

—Pagaran muy pronto por esto, asesinos.

El verdugo dejó caer la pesada navaja y Alejandro fue decapitado. Y enseguida se empezó a difundir como pólvora que Alejandro dijo que muy pronto pagarían por su ejecución. Y cuando llegó el rumor hasta las últimas personas del pueblo: el rumor ya decía que Alejandro dijo que su esposa Alicia la bruja del bosque y él se vengarían de todos los que les causaron mal.

Bernardo llegó a la casa de Alicia, Tomó todo lo necesario, cargó el caballo que estaba en el corral, y se dirigió hacia el bosque.

La santa inquisición reunió a tres de sus mejores soldados, los cuales tenían experiencia en tácticas de guerra, batallas, y en rastreo para cazar brujas o delincuentes que se escapaban. Llegaron los tres soldados en sus caballos a las instalaciones de la catedral, desmontaron, amarraron sus caballos y pidieron hablar con el obispo. Fueron conducidos a un salón e instruidos que esperaran allí. Llegó el obispo, y los tres se dirigieron a besarle el anillo que mostraba un rubí grande de color rojo como su vestuario. Luego el obispo dice:

—Los mandé llamar porque quiero que vayan tras la bruja de Alicia que huyó al bosque, y quiero que la traigan para que enfrente el juicio de lo que se le acusa. Gonzalo, ¿en cuántos días crees que la puedes traer de regreso?

Gonzalo pensó por unos segundos, y luego dijo:

—El bosque es muy extenso, y todo depende cuánto se adentró al bosque, yo dirías que en dos semanas estamos de regreso con ella.

—Muy bien, vayan y tráiganla de regreso.

—Dijo el obispo.

Y los tres soldados se retiraron besando el hermoso rubí rojo.

Llegaron a la casa de Alicia y de allí empezó el rastreo siguiendo las huellas de las pisadas del caballo. Y Así, partieron los tres soldados rumbo al bosque tras Alicia ahora conocida como Alicia "La Bruja Del Bosque"

Bernardo llegó a su cabaña con los dos caballos cargados de las pertenencias de Alicia. Alicia salió de la cabaña, y le dice a Bernardo:

—Bernardo, me da mucho gusto que ya regresaste, dime, ¿supiste algo de mi marido?

—Alicia, lo siento, pero no traigo buenas noticias… Tu marido fue ejecutado por la santa inquisición.

Alicia se sintió morir por la noticia que le daba Bernardo, y con lágrimas en sus ojos dice:

—Él estaba tan ilusionado con su hijo que llevo dentro.

—¿Estás embarazada?

Preguntó Bernardo.

—Sí, Bernardo.

Y tan grande fue la impresión que le causó la noticia que le dio Bernardo; que cayó desmayada.

Bernardo la tomó en sus brazos y la llevó al cuarto donde Alicia dormía. Cuando Alicia despertó; Bernardo estaba allí, y le dice:

—Ahora, tienes que ser más fuerte por tu hijo.

Luego Alicia dijo:

—Ya no me queda nada, mi marido está muerto, ya no tengo mi casa, a mis amigos ni a mis pacientes del pueblo.

—Tienes a tu hijo y, ahora me tienes a mí, yo cuidaré de ti como un padre y de tu hijo.

—Pero ¿por qué?, Bernardo, yo y mi hijo somos dos extraños para ti.

—Tú lo has dicho, ahora estás sola, es por eso que ahora estás bajo mi protección.

—Gracias, Bernardo, el cielo me puso en tus manos.

Los soldados de la inquisición llegaron al bosque, y empezó el rastreo para encontrar a la bruja del bosque. Se adentraron algunas horas en el bosque y atardeció. Entonces Federico dijo:

—Acampemos aquí, ya muy pronto va atardecer y apenas nos va a dar tiempo de juntar la leña para la fogata y cocinar.

Gonzalo y Rodrigo estuvieron de acuerdo, desmontaron de los caballos, los desensillaron y los amarraron de las ramas de los arboles, luego empezaron a juntar la leña. Ya con la fogata prendida y comiendo la cena, Rodrigo dijo:

—Dicen que Alicia es una mujer muy hermosa, ¿alguno de ustedes la ha visto alguna vez?

—Yo no,

Dijo Gonzalo.

Luego Federico dijo:

—Pues bonita o no, yo me la voy a agarrar cuando la atrapemos.

Luego Rodrigo dijo mientras sacaba la baraja:

—Bueno, pues tendremos que echar a la suerte haber quién va hacer el primero.

Federico se acercó a Rodrigo para recibir las cartas, y luego le dice a Gonzalo:

—Acércate, Gonzalo, quién quite tú seas el ganador.

Federico volvió a decir:

—Con este juego que me cayó apostaría todas mis riquezas y hasta mi vida.

Pues, Federico tenía escalera imperial.

A lo lejos escucharon los aullidos de los lobos. Los cuales estaban siendo exterminados por orden del gobierno de esa nación, y los lobos se habían adentrado más hacia el denso bosque, a los cazadores de lobos ese gobierno les pagaba muy bien por cada lobo que mataban, y se les miraba como hombres valientes y respetuosos por su oficio. La mañana siguiente, levantaron el campamento, y prosiguieron con el rastreo de la bruja del bosque. Caminaban a pie cuando Federico pisó una trampa de las tantas trampas que ponían los cazadores de lobos. El dolor que le causó al soldado cuando la trampa se activó un su pierna fue grande, pues eran trampas muy crueles. La trampa consistía en dos aros a presión, con picos en cada aro. Los picos se clavaron en la pierna del soldado, y el soldado gritó de dolor. Los otros dos hombres removieron la trampa que causó daños críticos a la pierna, vendaron la pierna, ayudaron a montar a Federico a su caballo y prosiguieron con el rastreo, pero este accidente hizo que perdieran tiempo y que la búsqueda fuera más despacio. Se llegó la tarde, y pararon para acampar. El soldado que fue herido por la trampa de lobos ahora estaba muy adolorido y con fiebre. Al verlo sus compañeros en las condiciones que se encontraba; decidieron regresar a la ciudad el siguiente día, y más tarde continuar con la caza de la bruja del bosque, pero en la mañana cuando se despertaron; Federico estaba muerto, lo cuál no se explicaban el porqué, si él era un hombre fuerte. Los soldados lo enterraron para que no se lo comieran los lobos, y prosiguieron con la busca de la bruja. Se llegó la tarde, acamparon para descansar, y el siguiente día prosiguieron. Caminaban jalando los tres caballos cuando una víbora venenosa le muerde a Rodrigo en la pierna, su veneno fue tan letal que murió en cuestión de horas. Gonzalo lo enterró, y ahora cabalgaba un sólo soldado jalando dos caballos en busca de la bruja del bosque.

Por el otro lado, Alicia, después que se sintió mejor, ordenó todo lo que trajo Bernardo de la casa de Alicia. Después, Bernardo, para que ella se distrajera; le pidió ayuda para plantar unas semillas en el jardín. Después que terminaron de plantar las semillas, le dice Bernardo:

—Mira, Alicia, te voy a enseñar cómo poner las trampas de conejo.

Y así, pasó ese día, Bernardo enseñándole cómo cazar conejos. Luego dijo:

—Y mañana te enseñaré a usar el arco y las flechas, para cazar venados.

Se retiraron a la cabaña, y Alicia empezó a preparar la comida. Cuando ya lista; Alicia llamó a Bernardo para sentarse a la mesa y comer. Después que terminaron de comer; conversaron como dos buenos amigos. Bernardo era un anciano muy agradable y conversador, y su plática era muy agradable e interesante, y hacía que las horas se fueran más rápido, así que hacía que Alicia se olvidara por momentos de su tragedia. El siguiente día, a Alicia la despertó los olores de la comida que cocinaba Bernardo. Cuando se levantó y llegó a la cocina; la mesa estaba servida, y Bernardo le dice:

—Ven, come, que después de la comida te voy a enseñar cómo usar el arco, cómo tirar las flechas.

Luego Alicia dice:

—Bernardo, anoche escuché a los lobos aullar más que otras noches.

Luego Bernardo dice:

—Los lobos aúllan cuando alguien va a entrar a su territorio, así ellos le avisan a otros lobos que ese territorio está tomado. También si otro lobo de la manada no llegó, aullaban para avisarle que lo esperaban, como también sus aullidos pudieron ser que estaban contentos o tristes.

—Bernardo, estamos rodeados de lobos, ¿estamos en peligro?

Preguntó Alicia.

—No, Alicia, tengo muchos años viviendo en esta cabaña y nunca he sido atacado por un lobo, ellos saben que nosotros estamos aquí, e incluso ellos hasta escuchan nuestra conversación por las noches, su audición es magnífica. Yo no me meto con ellos, y tampoco ellos se meten conmigo.

Terminaron de comer y salieron a practicar con las flechas. Estuvieron un par de horas practicando, y luego regresaron a la cabaña. Bernardo se puso a cortar leña con el hacha y Alicia se puso a regar las semillas que habían sembrado el día anterior, y después regó las plantas de tomates y otros vegetales. Alicia entró a la cabaña y se puso a preparar la cena. Cuando estuvo preparada la cena Alicia llamó a Bernardo para que se sentara a la mesa, y Bernardo encontró deliciosa la cena. Después de la cena, Bernardo abrió una botella de vino, se sirvió una copa para él y otra copa para Alicia. Se sentaron frente a la chimenea y conversaron por un buen rato. Se empezaron a escuchar los aullidos de los lobos. Luego Alicia le pregunta:

—Bernardo, ¿alguna vez has estado cerca de los lobos?

—Sí, Alicia, muchas veces, hasta podría decir que tengo varios amigos de la manada que se encuentra ahora aquí en este territorio marcado por ellos. Sabes, Alicia, son criaturas fascinantes, el olfato de un lobo es como el olfato de cien hombres juntos. Trabajan en equipo, cazan juntos, todos cuidan a los cachorros aunque no sean hijos de ellos, se respetan entre ellos, son dóciles en su propia manada, y su manada es su familia.

Luego Alicia pregunta:

—¿Cuántos lobos hay en esta manada?

Bernardo contestó.

—No lo sé, entre dieciocho a veinte lobos.

—Sabes, Bernardo, en mi pueblo los odian, hay algunos cazadores de lobos que de eso viven. Pues cuando los lobos bajan del bosque, han matado bacas y becerros.

—Es cierto, Alicia, pero ellos matan para sobrevivir, hacen instintivamente de acuerdo a las leyes de la naturaleza. Y el hombre ha invadido su hábitat, ellos estaban aquí primero que nosotros.

Alicia bostezó, y Bernardo le dice:

—Ve a descansar, hoy ha sido un día largo.

Alicia se paró y se dirigió hacia su cuarto, Bernardo llenó su copa de vino, tomó su copa y la botella de vino, y salió de la cabaña, se sentó en el porche, vio el maravilloso cielo estrellado, y le dio un trago a la copa de vino, después un lobo se acercó a él, y él empezó a acariciarlo. El lobo se echó a un lado de él, y él siguió tomando su vino, y observando ese cielo maravilloso lleno de estrellas.

Los tres caballos regresaron a la ciudad sin sus jinetes. Y el obispo como el pueblo no se explicaban cómo los caballos regresaron solos sin sus jinetes, cuando esos soldados eran los más fuertes, los más expertos en técnicas de armas y guerras. Sólo había una respuesta: que la bruja del bosque los mató con sus poderes. Y se corrió lo sucedido en toda la ciudad y las comarcas alrededor. Y fundió el pánico, y el pueblo se dijo:

—Ya empezó la venganza de la bruja del bosque.

Y al anochecer, todos se aseguraban que sus puertas y ventanas estuvieran serradas, y se empezaron a escuchar los aullidos de los lobos en el bosque, y esto hizo que tuvieran más miedo, y todo el pueblo empezó a rezar en las noches antes de acostarse, pidiendo protección contra los poderes y la maldad de la bruja del bosque. Los leñadores cortaban la leña en las orillas del bosque, y no más se adentraban al bosque por miedo a la bruja del bosque, ya en la tarde nadie se acercaba al bosque, pues era un lugar maldito donde habitaba una bruja poderosa y sanguinaria. Ningún soldado se atrevió a ir a cazarla, porque mató a tres de los mejores hombres que tenía la inquisición a su servicio. Los cazadores de lobos no volvieron más al bosque por miedo a la bruja. Y se corrió la voz que los lobos que aullaban a las orillas del bosque los había puesto Alicia "la bruja del bosque" para que todos supieran el poder que ella tenía y recordarles su venganza por haber matado a su marido. Pasaron unos meses y cayó una peste en la ciudad que empezó a matar a cientos de personas, y todo mundo culpaba a la bruja del bosque: diciendo que ella con su poder estaba matando al pueblo. El obispo enfermó, así como los inquisidores y frailes de la inquisición, al cabo de un mes ya había muerto el obispo, los frailes, e inquisidores, pues la peste empezó en la mazmorra de la inquisición por la podredumbre de todos los torturados. Al cabo de unos meses cesó la peste; la cual ya había matado a cientos de personas.

A Alicia se le rompió la fuente, empezó a sentir el líquido que le bajaba por sus piernas y los dolores de parto, y le dice a Bernardo:

—Bernardo, creo que ya va a nacer mi hijo.

Bernardo se puso nervioso, pero no se lo dio a demostrar a Alicia. Y la ayudó a caminar hacia su cama. Luego Bernardo le pregunta:

—¿Qué hago, Alicia?

—Trae una vasija con agua tibia y unas toallas. Ah, y unas tijeras.

Bernardo salió del cuarto, fue a calentar agua, y a traer las toallas y las tijeras. Luego Bernardo le pregunta:

—¿Para qué quieres las tijeras?

Alicia le dice:

—Vas a amarrar y cortar el cordón umbilical después de que nazca el bebé, y también vas a extraer la placenta.

Bernardo todo preocupado, dijo:

—¡Nunca he hecho eso!

—No te preocupes, yo te voy a enseñar.

Dijo Alicia. Luego le vuelve a decir:

—Ve y trae otra vasija; en ella vas a poner la placenta cuando la extraigas.

Las contracciones de dolor que sentía Alicia ya eran más cercanas una de la otra, lo cual quería decir que su bebé ya estaba más cerca de nacer. Luego le vuelve a decir Alicia:

—Ve lávate las manos bien con jabón; que ya está por nacer mi hijo.

Cuando Bernardo regresó de lavarse las manos, le pregunta:

—¿Por qué siempre dices mi hijo? ¿Qué tal qué sea una niña la que nazca?

—Ah, pues mi marido estaba muy ilusionado con mi embarazo.

Alicia se quejó mientras hablaba, y luego continuó:

—Y él quería un varón..., pero..., para una... madre... lo que... le nazca... es lo mismo... si es hombre o mujer. El amor de una madre es lo mismo para ellos.

Las contracciones eran más seguidas y más dolorosas cada vez. Entonces Alicia se acomodó para dar a luz a su hijo, y le dice:

—Pon tu silla allí, al final de la cama; que ya siento que viene mi hijo.

Bernardo puso su silla al final de la cama donde descansaban los pies de Alicia, se sentó, y dijo:

—Ya veo el pelo de tu bebé.

Luego dijo Alicia:

—Cuando salga la cabeza lo sacas dócilmente.

Alicia empezó a gritar y a empujar, salió la cabeza del bebé y Bernardo lo sacó con cuidado, y le dice a Alicia mientras el bebe empezaba a llorar:

—¡Es una niña!, ahora, ¿qué hago? Alicia.

Alicia dijo:

—Toma el cordón umbilical y si no sientes latidos está listo para ser cortado.

Bernardo tomó el Cordón umbilical, y dijo:

—Sí, lo siento latir.

Alicia dijo:

—Dale unos minutos más mientras la placenta se desprende. Mientras tanto, limpia el bebé con una toalla pequeña, mojada con agua tibia, pero no le limpies las manos.

Cuando Bernardo terminó de limpiar el bebé tomó el Cordón umbilical, y dijo:

—Ya no late el cordón.

Alicia dijo:

—Bien, déjalo un poco largo del ombligo, amárralo y lo cortas después de la amarradura.

Bernardo dijo:

—Ya acabe.

—Bien, ahora, dame a mi hija.

Alicia tomó a su hija, y la colocó en su pecho desnudo: cerca de uno de sus pezones.

Bernardo estaba maravillado por el suceso que estaba pasando, y viendo a la bebe como poco a poco empezó a buscar el pezón de su madre; dice:

—Alicia, éste es el milagro más grande del mundo que he visto, ¡qué maravilloso es cuando nace un bebé!... ¿Ahora qué hago?

Alicia dijo:

—Ahora, empieza a extraer la placenta jalándola despacio y con cuidado.

Bernardo sacó la placenta sin ningún problema, y le dice a Alicia:

—Ya está afuera.

—Bien, Bernardo, el parto ha terminado. Muchas gracias, tú eres un ángel que me mandaron del cielo.

Bernardo dijo:

—No digas eso, no soy ningún ángel.

Y empezó a limpiar el lugar. Después que terminó de limpiar se puso a cocinarle a Alicia, cuando le trajo la comida a Alicia a la cama, le pregunta:

—¿Cómo vas a llamar a tu hija?

—Se va a llamar, Casandra.

—Bonito nombre. Esperaré un par de días mientras recuperas tus fuerzas, y tendré que bajar a la ciudad para comprar todo lo necesario para tu hija.

—Te haré una lista de todo lo que voy a necesitar, toma todo el dinero que sea necesario, y compras todo lo que haga falta para la cabaña y provisión.

Bernardo a los dos días después del parto bajó del bosque con dos caballos rumbo a la ciudad para comprar todo lo que se necesitaba. Llegó a la taberna a tomar unos tragos, conversó con algunos hombres los cuales le contaron todo lo sucedido de los últimos meses, y le echaban la culpa a la bruja del bosque por todas sus tragedias.

A los ocho días, Alicia escuchó a los lobos aullar, y supo que Bernardo regresaba de la ciudad, pues Bernardo le había enseñado que los lobos aullaban cuando alguien empezaba a invadir su territorio. Y en verdad, así fue, Bernardo regresó con los caballos cargados de mercancía en la mañana siguiente. Descargó, y después de almacenar la mercancía y poner todo en orden se sentó a la mesa con Alicia a comer. Y Alicia le pregunta:

—Cuéntame, Bernardo, ¿cómo te fue?

—Me fue bien, Alicia, no tuve ningún contratiempo en el camino. Pero tengo muchas cosas que contarte de lo que ha sucedido en la ciudad.

Alicia miró atentamente a Bernardo, como señal para que el continuara. Luego Bernardo continuó:

—Unos meses después de que ejecutaron a tu esposo; cayó una peste que mató al obispo, a algunos frailes, a guardias de la inquisición, y también a mucha gente del pueblo. Y dicen que esa maldición; esa peste, la mandó la bruja del bosque:

la cual, eres tú, por venganza de la muerte de tu esposo…. Y me temo que ya nunca vas a poder regresar a tu pueblo. Porque te quemarían en la hoguera por bruja. También, dicen que eres una bruja mala y sanguinaria; que tienes alianza con el diablo.

CAPÍTULO 3

Casandra

Pasaron cinco años, Bernardo enseñaba a Casandra a tirar flechas con el arco pequeño que le construyó de acuerdo con su edad y su tamaño; la posición correcta de pararse, los brazos, y la posición del arco. Y le dice:

—Déjala ir.

Casandra soltó la flecha y dio en el centro del círculo.

Bernardo exclamó:

—¡Muy bien! Tienes talento. Nomas acuérdate que ésta es un arma. Nunca le apuntes a personas, solamente es para cazar el animal que te vayas a comer.

Casandra dijo:

—Le puedo apuntar a un lobo.

—Sólo si estás en peligro. Ahora, sigue practicando mientras yo voy a arrancar la yerba mala del jardín.

En eso salió Alicia de la cabaña y les dice:

—Ya vengan a comer, la mesa está servida.

—¿Tienes hambre?

Le preguntó Bernardo a Casandra.

—Sí, mucha.

—Muy bien, vallamos a comer.

Volvió a decir Bernardo.

Casandra y Bernardo caminaron hacia la cabaña, entraron a la cabaña y se sentaron a la mesa, luego Bernardo le dice a Casandra:

—Después que termines de comer sigues practicando con las flechas.

Alicia dijo:

—No, después de la comida, sigue su clase de lectura, y luego de la biblia.

Luego Bernardo dijo:

—Bien, cuando tengas tiempo sigues practicando, y mañana te voy a enseñar cómo poner trampas para cazar conejos y liebres.

Alicia dijo mientras Casandra comía su comida:

—No te parece que Casandra aún es muy pequeña para que le enseñes a cazar.

—No, además, Casandra es una niña muy inteligente y muy talentosa.

Luego Alicia se sentó a la mesa y empezó a comer.

El día siguiente, Bernardo y Casandra fueron a ver si algún conejo había caído en alguna trampa. Al mismo tiempo, Bernardo aprovecharía para enseñarle cómo poner las trampas de conejos. Encontraron un sólo conejo en las tantas trampas, y Bernardo dice:

—Pienso que los lobos se están comiendo todos los conejos. Debería de haber más conejos en las trampas.

Luego Casandra dijo:

—Si ya no hay conejos; ¿Qué comerán los lobos?

—Ah, pues los lobos pueden comer otros animales.

—¿Qué otros animales?

—Bueno, como venados.

—Y, ¿si ya no hay venados?

—Bueno, si ya no hay venados; pueden comer peces, víboras, frutas, plantas…

Bernardo no dijo nada más porque se concentró en sujetar el conejo que había caído en la trampa.

Luego Casandra volvió a preguntar:

—Y si ya no hay peces, víboras, frutas y plantas, ¿nos comerán a nosotros?

Bernardo miró con atención a los hermosos ojos de Casandra, y dijo:

—No lo sé…, nunca me ha atacado un lobo a mí. Mientras tanto, nunca te acerques a la cueva de los lobos; porque no sé si a una niña si atacarían.

Bernardo terminó de amarrar el conejo de las cuatro patas, lo puso en el suelo, y le dice a Casandra:

—Casandra, mira, ésta es la forma de poner trampas de conejos.

Y empezó a enseñarle a Casandra cómo poner las trampas para cazar conejos.

Casandra tenía diez años de edad, y se encontraba en la mesa comiendo con Alicia y Bernardo. Y Casandra pregunta:

—Mamá, ¿por qué no hay más personas cómo nosotros viviendo aquí? ¿Por qué vivimos solos aquí en el bosque?

Alicia contestó:

—Cuando seas más grande, te cuento, hija, aún eres muy pequeña para entender.

Luego Bernardo dice:

—Hace varios años que no bajo a la ciudad. Voy a ir a comprar cosas que ya se necesitan.

Luego Casandra dice:

—Llévame contigo, Bernardo, quiero conocer la ciudad.

—Si tu mamá te da permiso, sí te llevo.

—Déjame ir mamá con Bernardo.

Luego Bernardo dice:

—Si le das permiso va a aprender mucho de este viaje, además, es hora que conozca otro mundo diferente del que vive.

Luego Alicia dice:

—Pero, ¿no será muy peligroso para una niña tan pequeña como Casandra?

—Siempre hay riesgos..., pero Casandra ya es una niña muy preparada, además, sabe montar el caballo muy bien.

—Muy bien, pero la cuidas como si fuera tu propia vida.

—Sí, mujer, no te preocupes, estaremos bien.

Y así, la siguiente mañana, Casandra y Bernardo bajaron de la montaña rumbo hacia la ciudad. Llegaron a la ciudad, y Casandra estaba admirada observando la arquitectura de la ciudad, las torres altas del castillo de la familia real, la torre de la catedral, los edificios y las casas, el mundo de gente caminando por las calles del centro de la ciudad, los niños y niñas de su edad jugando en la plaza, observaba a los comerciantes vendiendo sus mercancías en el mercado, gente en sus caballos y burros, las carretas cargadas de mercancía de compradores, era para ella un espectáculo, pues nunca había visto tanta gente junta. Llegaron a un pequeño hotel y desmontaron de sus caballos. Bernardo pidió un cuarto por una noche, y pidió que atendieran a sus caballos. Luego salieron a la calle. Bernardo entró a un almacén y Casandra se dirigió a observar un maniquí que mostraba un hermoso vestido de mujer con un sombrero, después se dedicó a observar los artículos de venta. Terminaron de empacar la mercancía que compró Bernardo, Bernardo tomó una caja en cada mano, y luego se acerca a Casandra, y le dice mirando al maniquí:

—Tu mamá te hace así de bonito tus vestidos.

Luego se dirigió hacia la puerta de salida. Casandra caminó detrás de él, cuando salieron del almacén Casandra le dice:

—Bernardo, háblame de mi papá.

Bernardo dejó las cajas en el suelo, recargadas en la pared del almacén, y dijo:

—A tu papá nada más lo vi una vez en la vida, a él no lo conocí, pero él vivía aquí en esta ciudad con tu mamá. Ah, te voy a enseñar la casa donde vivían: la casa que era de tus padres.

Bernardo tomó las cajas y le preguntó:

—¿Tienes hambre?

—Sí.

—Bien, vayamos al hotel a dejar estas cajas, y de allí nos vamos a comer, y luego continuamos con las compras.

La mañana siguiente, Casandra y Bernardo dejaron el hotel, y Bernardo tomó el camino que llevaba hacia la casa que era de Alicia y Alejandro. Cuando llegaron a la propiedad de los padres de Casandra. Observaron la propiedad que era grande donde los monjes trabajaban en diferentes parcelas: sembradas de maíz, trigo, vegetales y frutas. Y a lo más lejos se miraba a otro monje dirigiendo el ganado hacia el pastizal.

Luego Bernardo dice:

—Estas son las tierras que eran de tus padres.

Casandra dijo mientras miraba salir a un monje de la casa:

—Es una casa grande y bonita. Bernardo, ¿qué pasó? ¿Por qué mi mamá ya no es dueña de estas tierras?

Bernardo contestó:

—Esa historia le pertenece a tu madre de contártela. Ya que lleguemos a la cabaña le preguntas.

Luego Casandra y Bernardo siguieron su camino rumbo al bosque. Se ocultó el sol y la sombra de los grandes pinos del bosque pronto haría que el camino ya no fuera tan claro para seguir, entonces Bernardo dijo:

—Acamparemos aquí.

Juntaron mucha leña para la fogata y para cocinar. Cuando estaban comiendo Casandra pregunta:

—Bernardo, ¿por qué vivimos tan lejos de la ciudad? ¿Entre los árboles y los lobos?

Bernardo contestó:

—A mí me gusta vivir en el bosque, el bosque me da tranquilidad, paz, alegría, además, en el bosque tengo todo para sobrevivir…, no tengo que preocuparme por la vida de la ciudad…Tú vives en el bosque porque tú naciste en el bosque. Pero cuando seas grande si ya no quieres vivir en el bosque; te vas a vivir a la ciudad. ¿Por qué tu mamá vive en el bosque? Pregúntale a ella.

Bernardo terminó de comer, luego puso más leña en tres fogatas que hizo alrededor del campamento. Luego Casandra pregunta:

—¿Por qué tres fogatas, no es bastante con una sola?

—Cuando viajo solo sí, una es bastante, pero como ahora estás conmigo, te tengo que cuidar más que a mi propia vida, es lo que me dijo tu madre. El fuego y el humo ahuyentan a los insectos y a las serpientes. Ahora, ya es hora de dormir, porque mañana saldremos lo más temprano que se pueda hacia la cabaña.

Casandra y Bernardo acamparon por dos noches más antes de llegar a la cabaña. Faltando muy poco para llegar a la cabaña vieron una manada de venados, y Bernardo dice:

—Ya hay muy poca carne seca de venado, ya veo por donde andan, para venir y cazar uno.

Casandra dice:

—Yo quiero venir contigo cuando vengas a cazarlo.

—Si tu mamá te da permiso.

Y llegaron a la cabaña en la mañana del octavo día. La distancia era tan lejos de la ciudad que ningún visitante al bosque llegaba tan lejos.

Casandra observó la planada donde estaba la cabaña, el bosque alrededor, la cascada que bajaba de la montaña, un lobo de color blanco que nunca había visto, tomando agua en el estanque de la cascada, pues los lobos que había visto eran de color negro, gris, café y marrón, y se quedó grabada la imagen de ese hermoso animal en su mente. Observó las mariposas revoloteando en el jardín, y escuchó el canto de los pájaros, y comparó la belleza de la ciudad con la belleza del lugar donde ella vivía, y se dijo a sí misma:

—Aquí hay más belleza que en la ciudad.

Alicia salió de la cabaña, y ambas corrieron hacia la una y la otra, y se abrazaron, y Alicia le dice a Casandra.

—¡Oh, hija mía, te extrañé tanto!

—Yo, también, mamá.

Luego, va hacia Bernardo, lo abraza y le da un beso en la mejilla, y le dice:

—Gracias, Bernardo, por traerme a mi hija sana y a salvo.

—La cuidé más que a mi propia vida.

—Lo sé, Bernardo.

Luego Casandra dice mientras caminaban hacia la cabaña:

—Mamá, me gustó mucho la ciudad, vi las torres altas del palacio, un mundo de gente caminando en la ciudad, y muchos niños de mi edad.

Luego Alicia se detuvo, y le dice a Bernardo.

—Bernardo, mientras tú descargas la mercancía, les sirvo la comida para que coman tú y Casandra.

Bernardo entró a la cabaña con la mercancía, la puso a un lado, se lavó las manos y se sentó a la mesa. Alicia le sirvió la comida, y empezó a comer.

Entonces, Casandra que ya comía su comida, dice:

—Y también vi a una mujer de palo, y vestía un hermoso vestido con un sombrero. Y vi mucha gente vendiendo frutas y verduras, telas, cobijas y...

Luego Bernardo la interrumpe y dice:

—Y también le enseñé la que era tu casa.

—Sí, mamá, y vi allí a los curas trabajando en los jardines de frutas, vegetales, maíz, ah, y vi a otro cura conducir a vacas y becerros hacia el llano. Mamá, ¿por qué ya no eres dueña de esa casa?

—¡Hay!, mi hija, cuando seas más grande te voy a contar todo, pero todavía no.

Casandra le ayudó a su mamá almacenar la provisión que trajeron del pueblo, a preparar la cena, y a lavar las ollas y los platos. Se llegó la noche, y Casandra se dirigió hacia su cama, se acostó, y empezó a recordar aquel hermoso animal blanco que vio tomando agua en el estanque donde caía el agua de la cascada. El siguiente día,

Bernardo salió solo a cazar, porque Alicia no le dio permiso a Casandra de que fuera a acompañar a Bernardo. Bernardo regresó al medio día con el venado que cazó. Alicia y Casandra ayudaron a despellejar y a destazar el animal, luego cortaron tiras de carne y las colgaron en cordeles para que el sol secara la carne.

Pasaron dos años más, Alicia se encontraba sentada en el portal de la cabaña tejiendo un vestido; paró por un momento, y observó a Casandra que se acercaba hacia ella. Y observó que su hija se convertía en una mujer fuerte y hermosa. Cuando Casandra llegó hacia ella, ella le dice:

—Ven, hija, siéntate aquí a mi lado.

Casandra se sentó, y se le quedó viendo a su mamá, luego Alicia continuó.

—Hija, ya estás de un momento a otro de convertirte en una mujer, y quiero hablarte de los cambios que ya muy pronto va a tener tu cuerpo…

Y así, Alicia le habló a Casandra todo lo relacionado con los cambios que iba a tener su cuerpo, que esos cambios eran necesarios para que ella un día fuera mamá, sobre el amor de un hombre y una mujer, sobre los hijos, y los procedimientos de dar a luz a un bebé si ella se encontrara algún día sola dando a luz. Después de que Alicia contestó todas las preguntas que Casandra preguntó. Alicia prosiguió:

—Hija, también es hora de que sepas la historia de tus padres.

Casandra miró a su madre con atención, pues por fin sabría porqué vivían en las montañas y no en la ciudad.

—Hija, tu padre, y yo, vivíamos muy felices afuera de la ciudad, en la casa que tú ya conociste. Yo trabajaba curando a los enfermos, y tu padre trabajaba de obrero en la ciudad y en nuestras tierras. Pero, un día, llegó un hombre malvado y cruel a la ciudad, el cual era el obispo de la catedral. Y empezó a acusar de brujas y a matar a las mujeres que trabajábamos haciendo remedios para curar a los enfermos. Cuando los soldados del obispo llegaron a arrestarme, tu padre los entretuvo mientras yo huía al bosque. Revisaron la casa y no me encontraron, entonces, se llevaron preso a tu padre, y más tarde fue ejecutado por el obispo por vivir con una bruja..., con la bruja del bosque; que así me empezó a llamar la gente de la ciudad.

Casandra dijo:

—Lo siento, mamá, no sabía que tu historia fuera tan trágica.

—Hija, prométeme que nunca vas a mencionar mi nombre, ni decir que yo fui tu madre, porque si lo haces te relacionaran conmigo, y entonces caerá la maldición que trajo la iglesia católica para muchas de nosotras. Di que Bernardo es tu papá, y que a tu mamá no la conociste; que murió cuando tú eras muy pequeña.

—Sí, mamá, te lo prometo.

Luego entraron a la cabaña las dos.

Pasaron los días, y Alicia enfermó de una fiebre. Por más que Casandra le preparó toda clase de remedios no mejoró. Despúes esa fiebre afectó sus pulmones, y Alicia se sintió morir. Entonces Alicia dijo:

—Casandra, hija mía, conozco esta enfermedad, no hay remedio que me ayude. Hija, sé que estoy ya por morir de un momento a otro, acuérdate lo que te pedí, que nunca menciones mi nombre, y que nunca digas que yo fui tu mamá, con mi muerte que muera también mi nombre.

Alicia hizo una pausa para tratar de respirar y tratar que el oxigeno entrara a sus pulmones. Observó las lágrimas que rodaban de los hermosos ojos de Casandra, y Alicia al ver las lágrimas de Casandra no pudo sostener sus lágrimas tampoco. Luego continuó:

—Casandra, siempre cree en ti, se fuerte, vivimos lejos de la civilización, pero si un día, regresas a ella: ten confianza en ti misma, se valiente, confía en tu corazón, tú eres una mujer muy talentosa, y vas a llegar a ser una mujer muy hermosa. Nunca te rindas, lucha por lo que más quieras, camina siempre de frente, con la cabeza erguida. Recuerda, en nuestra esencia de mujer; tú no eres menos que otra mujer, pero tampoco eres más, tú, eres, sólo tú. Tú eres grande. Tú eres una gran mujer, porque... tu alma...es...pura.

Y Alicia dejó de respirar, Casandra tomó la mano de su mamá y la colocó en su mejilla esperando sentir las caricias de su madre, pero ya no sintió nada, después la volvió a poner de vuelta en su mejilla, esperando sentir un aliento de vida de su mamá, y mientras lloraba amargamente, dijo:

—¡Mamá, qué voy a hacer sin ti.

Bernardo se acercó a ella, y le dice:

—Ya, se marchó, mi niña, ya no está con nosotros. Iré a preparar su tumba. ¿Quieres ayudarme?

Casandra contestó:

—Después de que le ponga flores, voy y te ayudo.

Casandra y Bernardo terminaron de enterrar a Alicia. Casandra con lágrimas en los ojos llenó la tumba de flores. Y dijo:

—Aquí, murió tu nombre mamá para el mundo. Pero tú, y tu nombre, vivirán para siempre en mi mente, y mi corazón.

Y así, murió Alicia, la bruja del bosque. Casandra aún con las lágrimas en los ojos, miró hacia la cascada, y en el estanque, miró aquel hermoso lobo blanco. Casandra se dirigió hacia la cabaña, agarró un manojo de carne seca de venado, y fue hacia donde se encontraba el lobo blanco. Casandra desde lejos le enseñó la carne al lobo que se le quedó viendo a Casandra mientras Casandra se acercaba. Casandra le ofreció la carne al lobo, el cual comió cada vez que Casandra casi se la ponía en la boca, y Casandra se olvidó por un rato del dolor de haber perdido a su madre al estar cerca de ese hermoso animal que tenía los ojos azules como el cielo y la piel como la nieve. Cuando el lobo terminó de comer la carne se alejó de Casandra trotando hacia las rocas de la montaña.

Pasaron los meses, y Casandra encontró a Bernardo escarbando al lado de la tumba de su madre, y Casandra le pregunta:

—¿Qué estás haciendo, Bernardo? ¿Por qué escarbas?

—Estoy preparando mi tumba. Cuando yo me muera; aquí me entierras al lado de tu mamá. Pero no te preocupes, falta mucho tiempo para que yo me muera.

Pasaron varios meses y Casandra recordaba aquel lobo blanco que no volvió a bajar a tomar agua a la cascada.

Bernardo comía mientras Casandra se servía su plato de comida, y Bernardo dice:

—He visto a unos venados alrededor. Voy a ir de casería.

Casandra dijo:

—Yo, voy a ir contigo.

—Bien, prepara tu arco y tus flechas.

Casandra le apuntaba al venado, y ni Casandra ni Bernardo respiraban, Casandra dejó ir la flecha y le pegó en el cuello del venado, Casandra y Bernardo exclamaron, Casandra caminó hacia el venado, Bernardo caminaba detrás de ella, pero de repente sintió un dolor en el corazón, se sentó y se recargó en un árbol sintiéndose morir. Casandra se volteó al darse cuenta que Bernardo ya no la seguía. Lo miró sentado y recargado en el árbol, y se dio cuenta que algo ya no estaba bien, Casandra se acercó a él con lágrimas en los ojos, y le pregunta:

—¿Qué te pasa, Bernardo?

—Creo… que ya… se llegó… mi hora…, mi niña.

Fueron las últimas palabras de Bernardo.

—¡Bernardo, despierta no me dejes sola… despierta!

Casandra con lágrimas en los ojos lo estrujó para despertarlo, pero, ya no despertó. Le dio un beso en la frente. Luego fue a agarrar su caballo, desató la riata de la silla de montar, le amarró los pies a Bernardo, y lo jaló con el caballo. Llegó hacia la fosa; lo desató de los pies, y lo empujó hacia la fosa. Luego agarró la pala y empezó a taparlo de tierra mientras lloraba. Cuando terminó de taparlo cortó flores, y las depositó en la tumba de Bernardo. Y miró hacia la cascada recordando aquel hermoso lobo blanco. Luego se dirigió hacia el venado que había cazado; para traer el venado y el caballo de Bernardo. Regresó con el venado y los dos caballos, metió a los caballos a la caballeriza, y luego empezó a despellejar al venado. Terminó de preparar las tiras de carne para colgarlas el siguiente día en los cordeles para que el sol las secara. Entró con la carne a la cabaña, y después se dirigió hacia la cascada para bañarse antes de que se ocultara el sol. Se llegó la noche, y se encontró sola en la cabaña, y escuchó a los lobos aullar a lo lejos, y también a los lobos detrás de la cabaña devorando el resto del venado que ella había cazado. Y con lágrimas en los ojos se acostó en su cama. Estaba tan cansada que cayó en un sueño profundo. La mañana siguiente, se despertó con una tristeza profunda, porque ahora estaba sola, sin su madre y sin Bernardo. Salió de la cabaña, el sol era acogedor, se escuchaba el canto agradable de unos pájaros, observó el jardín y vio los pájaros colibríes y a las mariposas revoloteando sobre las flores, luego observó los árboles, y finalmente se volteó a ver la cascada de la montaña, bajó la vista y allí estaba el hermoso animal, aquel lobo blanco como la nieve, y de ojos de color azul como el cielo. Casandra entró a la cabaña, tomó carne en sus manos, y se dirigió hacia el lobo blanco, le dio un pedazo de carne al lobo, y mientras el lobo comía ella le acariciaba la cabeza, cuando el lobo terminó de comer; recargó su cuerpo sobre las piernas de Casandra, se las acarició con su cuerpo, y luego corrió hacia la montaña. Y Casandra se olvidó por completo de su tristeza al estar cerca de ese lobo.

CAPÍTULO 4

La Amistad De Los Lobos

Pasaron los días, y Casandra cada día se sentía más sola, y todos los días iba al estanque con la esperanza de ver al lobo blanco, pero el lobo blanco no apareció más. Entró a la cabaña, puso carne en una canasta, y se dirigió hacia la cueva de los lobos, por el camino recordó que Bernardo le dijo que nunca se acercara a la cueva de los lobos. Llegó a la puerta de la cueva de los lobos, se sentó afuera en una piedra ancha, agarró un pedazo de carne, y esperó haber cuál era el primer lobo que se atrevía a salir de la cueva, y quitarle el pedazo de carne de las manos. Primero salió un cachorro de color gris claro, y Casandra le dice:

—Ah, tú eres el más valiente. Eres muy bonito. A ti te voy a llamar "Valiente"

Y le empezó a dar de comer y acariciarlo, luego salió otro cachorro de la cueva, y le dice:

—Acércate, no tengas miedo.

Y enseñándole un pedazo de carne, le dice:

—¿Tienes hambre?

Y también le empezó a dar de comer y a acariciarlo. Después salió la loba alfa; la mamá de los cachorros gruñendo los dientes y caminando con cautela, con intención de atacar a Casandra. Casandra serró los ojos, estiró la mano con un pedazo de carne para que la mamá de los cachorros lo tomara sin saber si sería devorada por la loba, la mamá de los cachorros tomó el pedazo de carne de la mano de Casandra y se acercó a ella. Luego salió el lobo alfa, y después otro, hasta que Casandra estaba rodeada de lobos. Terminó de darles la carne que había llevado. Pero no salió el lobo blanco que ella quería ver. Los lobos se fueron retirando uno tras otro, Casandra se acostó en la piedra que era muy ancha, y ahí se quedaron varios cachorros alrededor de ella. Y ella ya no se sintió tan sola. Después de unas horas, sintió hambre, y se retiró a la cabaña. Después que terminó de comer ordenó la cabaña, atendió a los caballos, regó el jardín, y luego se dirigió hacia la cascada, se quitó su vestido y se arrojó al agua. Casandra empezó a sentir el frío de la tarde, salió del agua, y se retiró hacia la cabaña, se llegó la noche, y al escuchar el aullido de los lobos, se dijo así misma:

—Mañana, entraré con comida a la cueva de los lobos, y veré, porqué no salió el lobo blanco, quizás esté enfermo, y no pudo levantarse y salir.

El día siguiente, después de que Casandra comió llenó la canasta de carne seca y se dirigió hacia la cueva de los lobos con intención de entrar a la cueva, también sabía que quizá no la dejarían entrar, porque recordaba todas las enseñanzas de Bernardo sobre los lobos: de cómo los lobos marcaban su territorio con su cola, su cuerpo o su orín, y que tan celosos eran los lobos con su territorio, y por supuesto; el interior de la cueva de los lobos sería el más sagrado para ellos. Antes de que Casandra llegara a la cueva ya desde muy lejos los lobos habían escuchado sus pasos, y habían percibido el olor del cuerpo de Casandra, así que desde la puerta de la cueva; ya unos cachorros y lobos la miraban que se acercaba a la cueva. Cuando Casandra llegó a la cueva; empezó a darles carne a los cachorros, luego mientras despacio y con cautela entraba a la cueva; a los adultos. Se detuvo por un momento al escuchar los gruñidos de dientes que se escuchaban en diferentes partes, pues era la primera vez que alguien invadía su cueva. Casandra siguió dándoles carne a los lobos mirando hacia todas partes, pero el lobo blanco no estaba allí. Luego los lobos que gruñían los dientes uno a uno fueron acercándose a Casandra, y Casandra les dio de comer. La cueva era ancha y alta, y aunque no divisó toda la cueva; supo que el lobo blanco no estaba allí. Después que terminó de darles de comer; Casandra acarició a los lobos y salió de la cueva. Y ya no se sintió tan sola. El siguiente día, Casandra llenó de vuelta la canasta de carne, y se dirigió hacia la cueva, cuando llegó se encontró que más de la mitad de los lobos no estaban en   la cueva, pues se habían ido de cacería, se habían quedado nada más unos cuantos lobos a cuidar a los cachorros. Casandra le dio de comer a los cachorros y a los adultos, y luego exploró la cueva. Casandra salió de la cueva y se dirigió a   la cabaña, y los cachorros caminaron detrás de ella, los lobos adultos al ver que los cachorros caminaban detrás de Casandra también empezaron ellos a seguir a los cachorros. Casandra abrió la puerta de la cabaña, entró ella, y los cachorros también entraron. Luego salió de la cabaña con una colcha en las manos, y los cachorros detrás de ella, se dirigió al estanque, se quitó su ropa, y se metió al agua. Y le dice al cachorro que metía con curiosidad una pata en el agua:

—Ven, Valiente, no tengas miedo. No te va a pasar nada.

Valiente se echó al agua y empezó a nadar hacia Casandra, antes de llegar a Casandra se regresó, salió del agua, y se sacudió.

—Vez, te dije que no te pasaría nada.

Dijo Casandra mientras reía.

Casandra salió del agua, tendió la colcha, y se acostó a un lado donde estaban tres lobos adultos y los cachorros. Después de un rato Casandra se paró, se puso su vestido, y se dirigió a la cueva de los lobos para que los cachorros la siguieran. Cuando llegaron a la cueva, Casandra dice:

—Aquí se quedan, hasta que lleguen los demás.

Y se retiró de la cueva.

Casandra empezó a juntar leña, la metió a la cueva, y los lobos que estaban echados allí la miraban atentamente. Luego se dirigió hacia la cabaña. Al anochecer trajo más carne a la cueva y una antorcha para prender la leña que depositó en la cueva. Prendió la leña, y le dio de comer a los lobos, luego buscó un lugar cómodo y se acostó, los cachorros se acercaron a ella, y allí se echaron a dormir a un lado de ella. Después de unas horas los lobos empezaron a aullar, y se despertó Casandra, y a lo lejos se escuchaban los aullidos de los lobos respondiendo a los aullidos de los lobos que se encontraban en la cueva. Casandra empezó a imitar los aullidos de los lobos, y le pareció divertido, trató por un rato hasta que su aullido se pareció al aullido de un lobo. Después de un rato empezaron a llegar los lobos con pedazos del animal que habían cazado. A Casandra la venció el sueño y se quedó profundamente dormida con los cachorros y la loba alfa a un lado de ella. La mañana siguiente, despertó, y se retiró a la cabaña. Y de allí en adelante los lobos siempre seguían a Casandra.

Pasaron los años, y Casandra se convirtió en una mujer hermosa. Siguió sembrando su jardín, atendiendo a sus caballos, y cazando para sobrevivir. Y compartía con sus amigos los lobos su caza. Casandra le apuntó a un venado, y antes de soltar la flecha el venado corrió. Casandra seguía sus huellas cuando fue acechada por un gato montés, Casandra aulló como lobo para avisarles a sus amigos que ella estaba en peligro, el gato montés se le echó encima y la tumbó al suelo, tan pronto como la tumbó el gato montés al suelo; se le echó encima un lobo al gato montés, y el gato montés salió huyendo mientras otros dos lobos lo perseguían. Casandra se puso de pie, y mientras quitaba las hojas secas que se pegaron en su pelo largo; le dice al lobo que se quedó con ella:

—Gracias, Valiente..., creo que ya estuvo bien de cacería por hoy.

Y le acarició el lomo. Llegaron los otros dos lobos que corretearon al gato montés y empezaron a caminar con ella rumbo a la cabaña.

—Creo que es un bonito día para meterse al agua. ¿No les parece?

Casandra entró a la cabaña, sacó una colcha y se dirigió hacia el estanque, se quitó la ropa y se echó al agua, luego se echó al agua el lobo que la salvó del gato montés. Casandra se relajó en el agua tratando de borrar el susto por el que pasó cuando fue atacada por el gato montés. Después salió del agua, tendió la colcha y se acostó al lado de los lobos mirando el cielo azul.

Capítulo 5

El Amor Puro De Casandra

El siguiente día, Casandra salió de la cabaña para ir a cazar el venado del día anterior. Casandra le apuntaba con la flecha, y esperaba la posición correcta del venado para soltar su flecha cuando escuchó unos gritos:

—¡Auxilio, Auxilio!

Casandra dejó de estirar la cuerda del arco, guardó la flecha, y corrió hacia donde provenían los gritos pidiendo auxilio. Insegura si era una voz humana o no, porque habían pasado ya ocho años sin escuchar una voz humana. Casandra llegó a donde estaba un hombre joven, acorralado por los lobos estando ya a punto de ser atacado por los lobos. Valiente se le echó encima al hombre ya con la boca abierta para devorarlo, el hombre cayó al suelo y estando ya para clavarle los colmillos al hombre; Casandra Gritó:

—¡No!, Valiente.

Los lobos al escuchar el grito de Casandra dejaron de gruñir y se acercaron a Casandra, y Casandra y los lobos observaban al hombre que invadía su territorio. Por el otro lado, el hombre miraba una escena mágica. Miró a la mujer más hermosa que nunca había visto con lobos a su lado. El hombre cayó desmayado, pues estaba gravemente herido. Casandra lo llevó a la cabaña, lo acostó en la cama, le quitó la ropa, y empezó a curar sus heridas. Al siguiente día, mientras el hombre dormía; Casandra salió al bosque en busca de plantas medicinales para hacer los ungüentos que aplicaría en las heridas del hombre herido. Casandra terminó de preparar los ungüentos, se dirigió al cuarto donde aún dormía el hombre herido, lo descobijó y empezó a poner el ungüento en las heridas. Luego observó con curiosidad el cuerpo del hombre desde los pies hasta la cabeza, pues nunca había visto un hombre desnudo.

Casandra ensilló un caballo, y se dirigió a cazar el venado que hacía días quería cazar. Al cabo de unas horas, Casandra regresó con la caza, lo despellejó, lo destazó y colgó la carne en las cuerdas para que el sol la secara. Luego se dirigió hacia la cueva de los lobos para arrojarles los restos del venado. Llegó a la cabaña de retorno; tomó la ropa del hombre herido, y se dirigió hacia la cascada para lavarla, después que la lavó se quitó la ropa y se arrojó al agua, luego empezó a lavar su ropa de ella, cuando terminó la puso en unas piedras para que el sol la secara mientras ella se relajaba en el agua. Más tarde se dirigió a la cabaña, tomó una canasta, salió de la cabaña y recogió la carne que había puesto a secar en los cordeles, entró a la cabaña, se dirigió al cuarto del hombre herido, y lo encontró con fiebre alta y delirando. Preparó un té para la fiebre, hizo que se lo tomara, y se quedó allí a su lado poniendo trapos mojados con agua fría en su cuerpo para hacerle bajar la fiebre. Después el sueño y el cansancio vencieron a Casandra, y se quedó dormida por unas horas, cuando despertó vio al hombre descansando y durmiendo tranquilamente, entonces se retiró a su cuarto a seguir descansando. El siguiente día, Casandra sacó la carne de venado para seguir secándola, trabajó en el jardín, cocinó un poco más por si el hombre herido se despertaba, luego sacó ropa y cobijas para lavarlas en el estanque de la cascada, cuando terminó de lavar se quitó su vestido y se arrojó al agua. Después de estar un rato en el agua miró al hombre herido que había llegado hasta el estanque y la miraba. Casandra salió del agua, y le dice:

—¿Ya te sientes mejor?

—Sí, muchas gracias…, gracias a ti estoy mucho mejor.

Casandra tomó su vestido y se lo puso. Luego dijo:

—Llevas varios días sin comer, debes de tener mucha hambre.

—En Verdad, que sí.

—Bien, vayamos a la cabaña, ya está preparada la comida, hoy cociné un poco más por si tú te despertabas.

Casandra caminaba al frente, y el hombre la seguía despacio por las dolencias de las heridas. Entraron a la cabaña, y Casandra le dice:

—Siéntate, aquí.

Y Casandra empezó a calentar la comida mientras el hombre observaba su belleza. Casandra sirvió dos platos de comida, dos vasos de agua, una canasta de pan, y luego se sentó a la mesa, y empezó a comer. Casandra observando al hombre que comía aprisa, le dice:

—Despacio, yo sé que tienes mucha hambre, pero si comes más despacio; vas a saborear mejor la comida, y tú, y tu cuerpo se van a sentir mejor, come tranquilo... ¿Cómo te llamas?

El hombre esperó por un momento antes de contestar terminado de masticar el bocado de comida, luego dijo:

—Me llamo Carlos..., y tú ¿cómo te llamas?

—Casandra.

—Bonito nombre.

Casandra sonrió y siguió comiendo su comida. Luego le dice:

—Después de la comida te vas a sentir mucho mejor, porque vas a empezar a recuperar tus fuerzas.

—Hablando de fuerzas ¿cómo me trajiste hasta acá?

—Te amarré de los pies y te arrastré en el caballo hasta acá.

—Ah, ya veo, ahora sé porque estoy tan adolorido de la espalda y de las sentaderas.

Casandra se rió y siguió comiendo. Luego Carlos le pregunta:

—¿Vives sola aquí?

—Sí, mis padres ya murieron, están enterrados atrás de la cabaña..., pero en realidad no estoy sola, tengo a mis amigos los lobos.

—¡En verdad!, ahora recuerdo..., pensé que había sido un sueño..., pero no..., tú, me salvaste de ser devorado por los lobos, tú llegaste, les gritaste, y se postraron a tu lado. ¿Cómo es que te obedecen los lobos?

—Ah, pues ellos son mis amigos, y yo soy amiga de ellos. Crecimos juntos.

—¿Pero cómo?

Primero murió mi madre, y mi padre y yo la enterramos, al poco tiempo murió mi padre, y lo enterré al lado de mi madre. Después me sentí tan sola que busqué la amistad y la compañía de los lobos.

—¡Fascinante tu historia! Cuéntame ¿cómo lo hiciste?

Casandra notó que Carlos estaba cansado, y se hacía el fuerte aguantando el dolor de las heridas de su cuerpo, y le dice:

—Es hora de que descanses, también voy a revisar tus heridas, vamos, te ayudo a levantarte para que vayas a la cama.

Casandra ayudó a Carlos a levantarse de la silla, y él se apoyó en el hombro de Casandra, y caminaron hacia el cuarto donde él dormía. Casandra lo ayudó a acostarse a la cama, y le dice:

—Quítate la ropa mientras yo traigo el ungüento para tus heridas.

Casandra salió del cuarto, y se dirigió a la cocina a traer la medicina para curar las heridas de Carlos.

Casandra entró al cuarto de Carlos con el ungüento, y vio el cuerpo fuerte y varonil desnudo de Carlos, y por primera vez en su vida sintió la sensación sexual más hermosa dentro de ella que le corrió por toda su piel. Luego se acercó y empezó a curar las heridas de Carlos. Cuando terminó de curar las heridas de Carlos; Carlos le pidió como cuando un niño le pide a su mamá antes de dormirse que le cuente un cuento:

—Cuéntame, ¿cómo empezaste a hacerte amiga de los lobos?

Y así, Casandra le contó cómo ella empezó a buscar la amistad de los lobos. Y la escena era como cuando una madre le está contando una historia de hadas a un hijo. Carlos se quedó dormido, y Casandra salió del cuarto, y se dirigió a su cuarto meditando sobre la sensación que le invadió todo su cuerpo cuando vio el cuerpo desnudo de Carlos. Al mismo tiempo empezó a darse cuenta que él le parecía un hombre muy bello, y empezó a pensar en él.

El siguiente día, Casandra siguió con su rutina de siempre, sacó a los caballos de la caballeriza y los llevó a tomar agua al estanque, los dejó pastar afuera de la caballeriza, regó el jardín que le daba verduras y frutas, limpió el polvo de la cabaña, cocinó y, atendió a Carlos. Y así se llegó la tarde, Casandra entró al cuarto de Carlos y le dice:

—Ven, a sentarte por un rato al portal de la cabaña. Te voy a enseñar algo.

Salieron los dos, y Carlos se sentó en el portal de la cabaña. Luego Casandra le pregunta:

—¿Estás listo?

—Sí.

Casandra se retiró unos pasos de la cabaña, se paró, y empezó a aullar como lobo, Carlos observó el vestido blanco que le hacía ver el cuerpo hermoso a Casandra, la cabellera larga que el viento le levantaba, y esa cara tan hermosa que nunca jamás vio. Al cabo de un minuto se empezaron a ver los lobos de entre los árboles y de entre las rocas que venían hacia la cabaña. Primero llegó valiente y tres de sus hermanos, luego de unos segundos aparecieron otros cuatro lobos, y rodearon a Casandra, y a Carlos le pareció la escena hermosa y mágica, pero más que todo era la hermosura de Casandra lo que más le atraía. Luego Casandra se acercó a Carlos con los lobos, y Carlos los empezó a acariciar. Casandra se sentó y algunos lobos se pusieron al lado de ella. Luego dijo:

—¿Qué te pareció?

—Maravilloso, nunca vi tal cosa.

—Pues como vez, no vivo sola, tengo como compañía a los lobos.

—Y, ¿por qué tus papás vivían tan legos de la civilización y, tú también?

—A mis padres les gustaba vivir aquí. Yo aquí nací en el bosque, yo nunca he vivido en la ciudad.

—¿Nunca has ido a la ciudad?

—¡Sí, mi padre me llevó cuando era niña, y vi las torres del palacio, la torre de la catedral, la gente vendiendo sus mercancías en el mercado, me gustó mucho!

—Y, ¿nunca has pensado dejar el bosque e ir a vivir a la ciudad?

—No tengo a nadie, ni conozco a nadie en la ciudad. La única familia que tengo ahora son los lobos.

El cielo se estrelló, y después de un par de horas los lobos se fueron retirando uno a uno, nada más permaneció valiente al lado de Casandra, y Casandra le dice a valiente:

—Valiente, ya vete, ya me voy a ir dormir.

Valiente se paró, trotó y se perdió entre los árboles. Luego Casandra le dice a Carlos:

—Carlos, estoy cansada, ya me voy a dormir, que pases una buena noche.

La siguiente mañana, Carlos se despertó sintiéndose mucho mejor de sus heridas, se vistió, salió de la cabaña, y se dirigió hacia atrás de la cabaña donde Casandra tenía su jardín y donde sus padres estaban enterrados. Se acercó a Casandra que ponía flores en las dos tumbas, y le pregunta a Casandra:

—¿Cómo se llamaban tus padres?

—Mi madre se llamaba Casandra, como yo, y mi padre se llamaba Bernardo.

—Sabes, voy a bañarme a la cascada.

Le dijo Carlos a Casandra.

—Vamos, te acompaño.

Le dijo Casandra.

Cuando llegaron a la cascada; Casandra se quitó su vestido y se echó al agua. Por el otro lado, Los dolores de las heridas de Carlos empezaban a desaparecer, y eso hizo que le empezaran a llegar los instintos sexuales animal. Miró el cuerpo perfecto de Casandra cuando se quitó el vestido, su pelo largo hasta sus caderas y sus piernas bien formadas. Él empezó a desvestirse mientras Casandra ya disfrutaba del agua. Una vez desnudo tocó el agua con la punta de los dedos de uno de sus pies, y dijo:

—Esta agua está muy helada.

Casandra se echó a reír, y dijo.

—Arrójate sin pensarlo.

Carlos empezó a echarse agua con sus manos en sus rodillas, en sus piernas, y le dijo a Casandra:

—Cómo puedes aguantar esta agua tan fría.

Casandra seguía riendo, y le dice:

—No lo hagas tan difícil, para de ponerte agua en tu cuerpo, y nada más brinca al agua. Una vez que estés dentro, tu cuerpo se adoptará enseguida al agua.

—Bueno, voy a brincar.

Carlos paró de ponerse agua en su cuerpo, se paró recto, respiro profundamente, y brincó al agua. Casandra reía al ver los gestos de Carlos por el agua tan helada. Luego Carlos se acercó a ella, y ella le dice:

—Ya ves que no era tan difícil, y además, ya necesitabas un baño de emergencia.

Y riéndose Casandra se retiró de él, salió del estanque, se puso su vestido y se recostó en la yerba. Después de un rato salió Carlos del agua, se vistió, y se recostó al lado de Casandra, y le dice:

—Es tan maravilloso este lugar.

—Ya veo que te sientes mucho mejor.

—Sí, ya no me duelen tanto las heridas.

Casandra permanecía acostada mirando el cielo azul, luego se levanta, y se sienta al lado de Carlos que permanecía también acostado mirando el cielo azul, y Casandra le Pregunta:

—Cuéntame, ¿qué te pasó? ¿Por qué llegaste herido hasta este lugar?... ¿Eres un soldado, un ladrón, o... un acecino?

Carlos rió, y dijo:

—Nada de eso, salí de la ciudad con mis amigos para venir a cazar al bosque, nos adentramos mucho al bosque, y fuimos atacados en una emboscada por un grupo de bandoleros sin darnos tiempo de defendernos. Después desperté y empecé a caminar sin saber a dónde caminaba. Gracias a Dios que caminé hacia la dirección correcta. Hacia adonde tú estabas. Tú has sido un ángel para mí. Te debo tanto, tú me salvaste la vida.

—No me debes nada..., y ¿qué venían a cazar?

—No sé..., venados, lobos..., o la bruja del bosque.

Casandra dijo:

—¿La bruja del bosque?

—Sí, desde que era niño he escuchado la leyenda que en este bosque vivía una bruja mala y sanguinaria, pero en realidad, yo nunca he creído en esa leyenda. ¿Escuchaste tú alguna vez esa leyenda?

—No. Nunca escuché tal historia.

Casandra se puso de pie, y dijo:

—Debo ir a cocinar.

—Bien.

Dijo Carlos, y permaneció acostado mirando el cielo azul, y recordando la belleza de Casandra.

Casandra llegó a la cabaña y empezó a llorar, porque Carlos le recordó a Alicia la bruja del bosque, luego secó sus lágrimas y se puso a cocinar.

Carlos se quedó dormido por un rato allí en la yerba, luego se levantó y se fue a la cabaña. Cuando llegó ya estaba lista la comida, y tenía mucha hambre, pues el baño de agua fría le abrió más el apetito. Entró a la cabaña y Casandra le dice:

—Siéntate, te voy a servir para que comas.

Casandra sirvió la mesa y se sentaron a comer. Luego Carlos le dice:

—Carne de venado en el almuerzo, carne de venado en la cena, y cada plato sabe diferente y muy sabroso. ¿Cómo lo haces?

—Las recetas de mi madre, ella me enseñó a cocinar desde muy niña. ¡Pero mañana nos vamos a pescar, y te voy a preparar unos pescados; que con la receta de mi madre te vas a chupar los dedos!

Casandra se dio cuenta de cuánto la miraba Carlos, y le dice:

—¿Por qué me miras tanto?

—Perdóname Casandra, es que eres muy hermosa.

Casandra sonrió, y dijo:

—Lo dices porque estas agradecido por lo que te he ayudado.

—No, en verdad, eres muy bella.

Casandra sintió que empezaba a nacer un sentimiento mágico dentro de ella hacia ese hombre. Y tratando de desviar ese tema dijo:

—Ya vi que puedes caminar mejor, después de la comida te voy a enseñar dónde viven los lobos. No están lejos.

Pero lo que no sabía Casandra que a su lado tenía un lobo humano rapaz. Llegaron a la cueva de los lobos, y ya la mayoría de los lobos la esperaban afuera de la cueva, Casandra acarició a los primeros lobos que se acercaron a ella y les empezó a dar carne seca que llevaba en una canasta, y al cabo de unos instantes estaba rodeada de todos los lobos de la manada. Algunos lobos le gruñían a Carlos pues era un extraño que estaba invadiendo su territorio, pero Casandra los reprendió y dejaron de gruñirle. Y Casandra le dice a Carlos:

—Ven, acércate, no tengas miedo, no te van a hacer nada.

Carlos se acercó a Casandra, tomó carne de la canasta, y empezó a darles a los lobos, luego los empezó a acariciar. Después de estar un rato con los lobos se retiraron a la cabaña, y cuatro lobos caminaban con Casandra, dos a cada lado, y detrás la seguía otro lobo humano; que por desgracia y misterio del destino llegó a ella, y planeaba su estrategia para cazarla, y para ganar el corazón de ella, y así tenerla a su disposición cuando él quisiera. Y eso le sería fácil de realizar, porque Casandra empezaba a sentir emociones en su corazón que nunca había sentido, y esas emociones la trasladaron a un nivel espiritual; que se sintió ella: como si ella fuera un árbol del bosque, el agua que descendía de la cascada, las flores de su jardín, era un sentimiento mágico que le invadía su cuerpo y su mente, era el amor que empezaba a despertar dentro de ella hacia ese hombre lobo: que era un hombre vividor y degenerado en la ciudad. Llegaron a la cabaña, y Casandra dice:

—Voy a sacar los caballos de la caballeriza para que tomen agua y pasteen.

—Yo, te acompaño.

Caminaron hacia la caballeriza que se encontraba atrás de la cabaña donde terminaba la planada, luego Carlos dice:

—Casandra, tu voz es muy agradable, y tu risa es muy bonita.

—Gracias.

Dijo Casandra.

Casandra tenía el alma y el corazón puro, y no conocía de la maldad, y de las miserias humanas, pues siempre había vivido en medio de la pureza: que era el bosque, la cascada, el cielo estrellado, y los lobos. Luego Carlos le toma la mano, y Casandra sintió una vibración en todo su cuerpo, y dejó de caminar, Carlos la miró a los ojos, y vio la belleza del bosque, de la cascada, y del cielo azul en ella, vio que era una flor en su mera juventud, tierra virgen para plantar la semilla, barro para moldearla a su gusto, y a la belleza para poseerla, y no dejarla ir jamás. Y dijo Carlos:

—Casandra, perdóname, pero te tengo que decir que han nacido sentimientos dentro de mí hacia ti.

—Son sentimientos de agradecimiento, por lo que te he ayudado.

—No, te juro que no, son sentimientos de amor; pero cómo una mujer tan hermosa me va a querer a mí.

—No digas eso, tú también eres un hombre muy bello, y en la ciudad debes de tener muchas admiradoras.

—Sí, pero nunca nadie me hizo sentir lo que siento por ti. ¿Te puedo besar?

—Nunca he besado a un hombre.

Carlos sin decir nada más la empezó a bezar, y con ese beso brotó como una flor el amor más puro y sagrado de Casandra hacia Carlos. Luego la acostó en la yerba y la besó apasionadamente. Casandra sintiendo su cuerpo al rojo vivo, retiró a Carlos de su lado, y dijo:

—Tengo que darle de comer a los caballos.

Y se dirigió hacia la caballeriza sintiendo vigorosamente su sangre correr por sus venas y el palpitar de su corazón. Por el otro lado, Carlos se dio cuenta que su estrategia para ganar el corazón de Casandra empezaba a funcionar. Pues lo que él sentía por Casandra era sólo pasión y deseo. Aunque, sí, en lo más profundo de él, sí le estaba muy agradecido por haberle salvado la vida. Casandra sacó los caballos de la caballeriza y les dio libre para que tomaran agua y pastearan, luego se dirigió hacia la cascada para sentir el agua que caía de la cascada en su cuerpo, después de sentir los chorros de agua que bajaban de la cascada en su cuerpo se echó al agua. Luego observó a Carlos que se acercaba, y Casandra le dice:

—¿Te vas a meter al agua?

—Sí.

Y Carlos empezó a quitarse la ropa.

—Te arrojas sin pensarlo ni tocar el agua, porque sino, no te vas a meter.

Dijo Casandra riéndose.

Carlos brincó al agua, y Casandra volvió a reír al ver los gestos de Carlos al sentir el agua fría.

Carlos se acercó a Casandra y Casandra le arrogó agua en la cara con la mano, y riendo le dice:

—Ya ves que es fácil meterte al agua sin pensarlo.

Luego se arrojaron agua uno al otro con las manos. Al cabo de un rato, dice Carlos:

—No sé, cómo puedes tú resistir esta agua tan fría.

Y salió del estanque, y se recostó en la yerba. Al rato observó a Casandra que salía del agua, se puso de pie, se acercó a Casandra, y juntó su cuerpo desnudo con el de Casandra, y la empezó a besar, luego la acostó en la yerba, y tomó lo que él quería. Casandra se sintió toda una mujer, y nacieron los sentimientos más puros y sublimes dentro de ella hacia Carlos, y se sintió completamente enamorada de él.

El siguiente día, Casandra agarró su arco y sus flechas, y le da el arco y las flechas que eran de Bernardo a Carlos, y le dice:

—Carlos, te dije que hoy iríamos a pescar, para cocinarte unos pescados que te van a gustar mucho. Tengo los condimentos que usaba mi madre, hechos de ajo, sal, y otras hierbas que ella usaba: te van a justar mucho.

Y empezaron a bajar siguiendo el agua de la cascada, después de un rato llegaron a un estanque más grande donde estaban los peces. Casandra empezó a tirarles con las flechas y casi no fallaba de pegarle a los peses. Por el otro lado, Carlos no le atinó a ninguno. Y Casandra riendo le dice:

—Carlos, si estuvieras solo aquí en el bosque no sobrevivirías.

Y pasaron los días de romance entre Casandra y Carlos. Y Casandra se enamoró tanto de Carlos que hasta se olvidó de los lobos, porque ahora sólo Carlos vivía en sus pensamientos.

Se llegó el día en que Carlos estaba ya recuperado de sus heridas, y le dice a Casandra:

—Casandra, ya debo de regresar a la ciudad. ¿Quieres irte conmigo?

Casandra no lo pensó mucho, y dijo:

—Sí, yo voy a donde tú me lleves.

—Bien, nos vamos mañana.

—empacaré mis cosas que me voy a llevar.

—No, no lleves nada, allá te compro todo lo que necesites.

—Bueno, si tengo que llevar comida para tres días, ollas para cocinar y abrigos porque en las noches hace frio.

—Lleva lo que creas que sea necesario nada más para el camino.

Dijo Carlos.

Casandra salió de la cabaña, y aulló como lobo para que vinieran los lobos y despedirse de ellos, llegaron cuatro lobos, pero valiente y sus hermanos no llegaron, entonces dice:

—Valiente y sus hermanos andan de cacería.

Capítulo 6

Adiós Al Bosque Y La Llegada A La Ciudad

La mañana siguiente, ya arriba de los caballos, Casandra dio una mirada al torno suyo, pues sentía que dejaba su vida del bosque enterrada allí al lado de sus padres para comenzar otra vida nueva con el hombre a quien ella amaba, con lágrimas en los ojos vio hacia la cascada, y vio a dos lobos blancos que la miraban a ella, parpadeó, serró los ojos para secar sus lágrimas y ver claro, pero cuando abrió los ojos; aquella imagen ya había desaparecido. Y así, Casandra dejó el bosque y a sus amigos los lobos, para seguir al hombre que ella más amaba en la vida.

Se llegó la tarde y el sol se ocultó, pararon para descansar esa noche, juntaron la leña para la fogata y para cocinar, después Casandra prendió tres fogatas, y Carlos le dice:

—¿Por qué tantas fogatas?

—¡Ah!, porque ahora estás conmigo, y te tengo que cuidar más que a mi propia vida. El fuego y el humo ahuyentan a los insectos y a las serpientes.

Casandra se acostó junto a Carlos y le vuelve a decir:

—Carlos me duele mucho haber dejado mi casa, a mis padres enterrados allí, y a mis amigos los lobos. Pero soy muy feliz porque estoy contigo.

Llegaron a la ciudad, y le era un espectáculo a Casandra como cuando era niña y Bernardo la había traído a que conociera la ciudad. Carlos se dirigió hacia el Castillo real, y estando cerca de entrar, Casandra le pregunta:

—¿Vives aquí?

—Sí, yo soy el príncipe de este castillo, los reyes son mis padres.

Casandra simplemente, se enteró de que Carlos vivía allí, pues ella no sabía de la realeza ni de clases sociales, para ella; Carlos era un hombre como cualquier otro, pero era el hombre a quien ella amaba. Entraron al castillo, y era admiración ver que el príncipe estaba vivo, pues se creía muerto. Desmontaron de los caballos, se acercaron los criados, y uno de ellos dijo:

—Su alteza, bendito Dios que está vivo, todos lo creíamos muerto. Casandra vio la primera imagen hermosa del castillo, y era un caballo blanco como la nieve que paseaba un criado, Carlos se dio cuenta que a Casandra le fascinó, y llamó al criado que paseaba al caballo, diciéndole:

—Acerca el caballo.

El criado acercó el caballo, y Carlos dijo:

—Bonita criatura. ¿Verdad?

—Sí, muy hermoso.

Dijo Casandra y empezó a acariciarlo, pues el color del caballo le recordó a los dos lobos blancos que miró cuando dejó el bosque.

—¿Te gusta?

—Sí, es muy hermoso.

—Bien, éste es mi caballo, ahora es tuyo, te lo regalo.

—¿¡En verdad!?

—Sí, es todo tuyo.

Y Carlos le dice al cuidador del caballo:

—Casandra es ahora la dueña de este caballo, y nadie más lo puede montar, más que sólo ella.

—Sí, su alteza.

Luego se dirigió hacia las viviendas de la servidumbre, lo recibió la jefa de la servidumbre, y el príncipe le dice:

—Dale un cuarto, y le das todo lo que necesite de ropa, zapatos… todo lo que una mujer puede necesitar.

Carlos empezaba a retirarse y la jefa de los criados le pregunta:

—Y ¿qué más su alteza?

—Es todo…, si quieres que te ayude con la servidumbre.

Y se retiró Carlos de la vivienda de la servidumbre. Luego la jefa de la servidumbre le dice a Casandra:

—Tuviste suerte, porque cuando me ha traído a otras muchachas, nomas me dice, "ponlas a trabajar" pero a ti me dijo que te dé todo lo que necesitas, y que me ayudes con la servidumbre, eso quiere decir que después de mi; sigues tú. Eso quiere decir que no vas a trabajar duro como las otras criadas… ¿Cómo te llamas?

—Casandra.

—Bueno, Casandra, yo soy María, vamos te voy a enseñar tu cuarto, y luego vamos a hacer una lista de todo lo que necesitas.

Casandra desconcertada por lo que estaba pasando no dijo nada. María notó el semblante de Casandra y le dice:

—¿No estás contenta por lo bien que te ha ido?

—María, tú dijiste que Carlos te ha traído a otras muchachas como yo.

—El príncipe Carlos o su alteza, así lo tienes que llamar para que no te busques problemas. Sí, hija, no eres la primera mujer, ni la última que el príncipe Carlos va a traer.

—Yo pensé que cuando me dijo que me viniera con él, era porque me iba a ser su esposa.

—No, hija, eso nunca va a pasar, o dime ¿él te pidió que fueras su esposa?

—No, María.

Dijo Casandra con lágrimas en los ojos. Luego volvió a decir Casandra:

—Quizá me trago acá primero para preparar a sus padres de mi llegada.

—No, Casandra, no sueñes..., Sí, él ha traído a sus mujeres especiales para tenerlas cuando él quiere..., y tú eres una de ésas. Bueno, vas a necesitar algunos trajes como el mío, el color y el diseño son diferentes del de los criados, así ellos van a saber que tú eres su jefa, vas a necesitar zapatos, vas a necesitar...

Y así, María hizo la lista de todo lo que necesitaba Casandra, y luego le enseñó dónde se bañaban las mujeres para que se aseara.

El siguiente día, María despertó a Casandra, trajo a dos mujeres para que ayudaran a Casandra a asearse, a vestirse, y a peinarla para que estuviera lista, y fuera presentada como jefa de la servidumbre, y ayudante de María. Ya estando toda la servidumbre reunida, María dijo:

—Ésta es Casandra, y cuando yo no esté, ella es su jefa.

Casandra cautivó a los hombres criados con su belleza, y todos la miraban de reojo. Por el otro lado, nacían los sentimientos más ruines hacia ella de las mujeres criadas, pues se decían en su adentro:

— ¿Cómo puede esta mujer que apenas la trajo el príncipe Carlos, ya tener ese puesto?

Pues pronto se daría cuenta Casandra; y compararía que la guarida de sus amigos los lobos era la gloria, y los lobos unos ángeles celestiales; comparados con la guarida de lobos humanos a la que acababa de entrar.

—Muy bien, todos a sus labores.

Dijo María. Luego le enseñó la enorme cocina a Casandra, el comedor donde comía la familia real, el castillo, y mientras María le enseñaba a Casandra el castillo, Casandra miraba de vez en cuando hacia otras direcciones, con la esperanza de ver a Carlos. Luego María le dice:

—No lo vas a ver, hija, debe de estar arreglando todos sus asuntos, estuvo ausenté por muchos días.

—María, aún no pierdo la esperanza, él me dijo que él nunca había sentido por otra mujer lo que sentía por mí.

—Ay, hija, a cuántas mujeres no les habrá dicho lo mismo. Concéntrate en lo que te estoy enseñando. Ya no estés triste.

—María, él me regaló su caballo blanco. ¿Puedo ir a verlo?

—¡¿Su caballo favorito?! Si es así, hija, entonces sí te debe de querer. Déjame mandar a alguien para que vaya a atraer a José quien es el cuidador del caballo, para que te lleve a verlo.

María se acercó a un criado y mandó traer a José.

Las palabras de María hicieron que de vuelta brillaran los ojos de Casandra. Y Casandra se moría de ganas de ver a Carlos. María siguió enseñándole a Casandra todas las partes del castillo, pues era necesario que lo conociera si iba a asistir a María en las tareas de supervisión. Se acercó un criado a María a avisarle que José ya había llegado.

—Ve, hija, ya llegó José.

Y le dice al criado:

—Lleva a Casandra con José.

Casandra caminó por esos pisos lujosos de mármol hacia donde esperaba José. Cuando llegó con José, Casandra le dice:

—Me llevas a ver el caballo, José.

—¿Su caballo? Señorita.

—Sí, José.

—Bien, sígame.

Casandra llegó a donde estaba el caballo, le acarició el cuello, luego abrazó el cuello del precioso animal, puso su mejilla en el cuello, y le dijo:

—Te voy a querer tanto como amo a tu amo.

—¿Quiere montarlo señorita?

—No, José, hoy no, otro día.

—Muy bien, señorita, cuando quiera montarlo me dice para ensillarlo.

—Gracias, José.

Casandra siguió acariciando al caballo por un rato. Luego le dice a José:

—José, ¿me acompañas hacia la cocina?

—Sí, señorita.

—José, ¿es cierto qué este caballo es el favorito del príncipe?

—Sí, señorita, era, porque ahora es de usted. Es un caballo muy noble, no deje que su tamaño la intimide.

—Llámame, Casandra.

—Sí, señorita…, sí, Casandra.

—Gracias, José.

Casandra le dio un abrazo y un beso en la mejilla, pues le recordó a Bernardo. Y eso le derritió el corazón a José. Casandra entró a la cocina y ya servían la comida para la familia real, se acercó a María, y le pregunta:

—¿A qué te ayudo María?

—Quédate aquí a mi lado…, vamos al comedor y revisemos si está todo servido.

—María, yo no sé nada de esto.

—Lo sé, Casandra, tú mantente a mi lado.

Se dirigieron hacia el comedor, Casandra buscó al príncipe Carlos con la mirada, pero no estaba allí. Y Casandra notó las miradas de algunos hombres hacia ella, pues Casandra era una mujer muy hermosa. Terminó de comer la familia real, y empezaron a recoger la mesa. Una vez que terminaron, se sentó la gente de la servidumbre a comer en unas mesas largas que se encontraban en esa grande cocina. Casandra sintiéndose un poco incomoda y rara, pues toda la vida había vivido sola. Luego una mujer le dice:

—¿Qué hiciste diferente, para que recién llegada ya tengas este puesto? Así como te trajo el príncipe Carlos, así también me trajo a mí, y mírame yo sigo de criada.

Casandra no dijo nada, bajó la vista y siguió comiendo. Luego María dice:

—No la molestes, Isabel, déjala en paz.

— ¡Ah!, y hasta ya tienes protectora.

—Ella no es como tú, Isabel.

— ¡Claro que no!, ella es mucho mejor que yo, por eso le dieron ese puesto.

—No le hagas caso, Casandra, ignórala.

Casandra se mantuvo con la vista baja y comiendo su comida. Luego se acordó de las últimas palabras que le dijo su madre antes de morir.

—Casandra, siempre cree en ti, se fuerte, vivimos lejos de la civilización, pero si un día, regresas a ella: ten confianza en ti misma, se valiente, confía en tu corazón, tú eres una mujer muy talentosa, y vas a llegar a ser una mujer muy hermosa. Nunca te rindas, lucha por lo que más quieras, camina siempre de frente con la cabeza erguida. Recuerda, en nuestra esencia de mujer tú no eres menos que otra mujer, pero tampoco eres más, tú, eres, sólo tú. Tú eres grande. Tú eres una gran mujer, porque tu alma es pura.

El recuerdo de las palabras de su madre, le dieron fuerza a Casandra. Casandra se paró de la mesa con la cabeza erguida, miró con decisión a las mujeres, y dijo con palabras firmes:

—Me voy a retirar a mi cuarto, que todas ustedes tengan una buena noche.

Todas observaron el porte y la postura de Casandra; que les dejó de ella una imagen de grandeza. Y así, se retiró Casandra del comedor de la cocina. Llegó a su cuarto, y se dijo así misma:

—Voy a luchar por el amor de Carlos.

La siguiente mañana, Casandra ayudaba a María con la supervisión de la servidumbre en el castillo. Y una de las mujeres que hacía la limpieza, le dice a Casandra:

—Éste es el cuarto de los reyes, como ves la puerta está abierta, eso quiere decir que podemos entrar y limpiarlo, si está cerrada, entonces seguimos al que sigue.

Casandra entró con las mujeres al cuarto de los reyes, y observó a la pareja sentados en el balcón tomando el desayuno. Después de que terminaron de limpiar el cuarto grande de los reyes siguieron al siguiente. Y la misma mujer le dice:

—Y éste es el cuarto del príncipe Carlos, la puerta está abierta, así que sí podemos entrar a limpiarlo.

A Casandra le palpitó el corazón más aprisa, y no se explicaba el porqué. Y se preguntaba dentro de ella:

—¿Por qué ha llegado esta emoción dentro de mí, será por lo que estoy en su cuarto? Ahora ya sé donde duerme, este uniforme me da autoridad de entrar al palacio, lo puedo buscar una de estas noches si él no me busca.

Observó el cuarto que era muy grande, y curioseó el lujo y los adornos del cuarto mientras las mujeres cambiaban sabanas de la cama y limpiaban el cuarto. Salieron del cuarto, y Casandra sintió ganas de ver el caballo que Carlos le regaló, se retiró de las mujeres, y se dirigió hacia las caballerizas. Llegó hacia el caballo y lo empezó a acariciar, y le dijo:

—Me supongo que no tienes nombre, pues te vas a llamar…

—Buenos días, señorita Casandra, ¿ahora sí lo va a montar?

—Buenos días, José, quizás más tarde.

—Bueno, Casandra, ésa de allí es mi casa, cuando lo quieras montar, me avisas.

Y diciendo esas palabras José se retiró.

Ese mismo día, Casandra ayudó a supervisar en la primera comida del día de que todo estuviera servido mientras la familia real e invitados comían en el comedor. Casandra volvió a buscar a Carlos con la mirada, pero Carlos no estaba allí. Después, se reunió la servidumbre para comer en el comedor de la cocina. Casandra ignoró los insultos y desprecios de algunas de las mujeres. Y se sentó al lado de María para empezar a comer. Se llegó la noche, y sus pensamientos sólo eran hacia Carlos. Y pensaba si ir a buscarlo o no. Luego pensó que si no lo vería mañana en el comedor, entonces lo buscaría. Se llegó la hora de supervisar el comedor donde comían los reyes, y allí estaba Carlos. María notó el brillo de los ojos de Casandra, y vio la intención de Casandra de acercarse al príncipe, María le agarró la mano a Casandra para que no se moviera del lado de ella, pero Casandra se soltó de la mano de María y se dirigió a donde estaba el príncipe Carlos. Se acercó a él, y le pregunta:

—¿Está todo bien, su alteza?

Carlos levantó la cara, la miró, y le dice:

—Todo está bien, gracias.

Casandra volvió a preguntar:

—¿Le hace falta algo?

Carlos levantó la cara de vuelta, miró a Casandra a los ojos, y dijo:

—No, gracias.

—Muy bien, si necesita algo me avisa.

Y se retiró Casandra hacia al lado de María. Y Casandra se sintió feliz de ver a Carlos, y María notó el brillo de felicidad en los ojos de Casandra y en su rostro. La familia real terminó de comer, se levantaron, y se retiraron del comedor. Carlos al retirarse observó la belleza de Casandra por unos segundos y luego se retiró. Y Casandra viendo la mirada de Carlos hacia ella la hizo feliz. La servidumbre empezó a recoger la mesa, y Casandra y María salieron del comedor. Después que terminó de comer la servidumbre, se acercó un criado a María y le habló en voz baja, y se retiró. Luego María le dice a Casandra:

—Casandra, el príncipe Carlos te espera afuera.

Casandra se levantó de la mesa, y se dirigió hacia Carlos sintiendo una alegría muy grande en su corazón. Algunas mujeres se pusieron de pie, y por las ventanas vieron al príncipe Carlos que abrazó y besó a Casandra, y luego le dio el caballo blanco ensillado, montaron los caballos y se alejaron. Entonces, una mujer joven que observaba que Casandra y Carlos se alejaban en los caballos, dice:

—Es una ramera.

—Pues yo no sé si es una ramera o no, lo único que sé es que el príncipe Carlos le regaló su caballo favorito a Casandra. Lo cual quiere decir que a ella sí la quiere y es su favorita.

Y con estas palabras que dijo María hizo que naciera más la envidia y el rencor hacia Casandra de algunas de las mujeres, principalmente de Isabel.

Casandra se sentía feliz cabalgando al lado de Carlos, después de pasar la arboleda llegaron a una pradera, Carlos se bajó del caballo, y ayudó a Casandra a bajarse del caballo. Se acercó a ella, la besó apasionadamente, luego le tomó la mano y caminaron a la sombra de un árbol. Carlos tendió una colcha y se acostó sobre la colcha, y Casandra se acostó al lado de él, y recostó su cabeza en el pecho de Carlos. Y dijo:

—¡Oh!, Carlos te he extrañado tanto. Mi vista vagaba por todas partes buscándote, pero por ningún lugar te miraba, te amo tanto que ya no podría vivir sin ti. Dime ¿me quieres tú a mí?

—Sí, sí te quiero.

Luego Carlos la besó apasionadamente y la hizo su mujer, y así, satisfizo su deseo y su pasión.

Casandra se sintió de vuelta toda una mujer, y sentía correr por sus venas y por su corazón el amor más grande, sagrado y puro que ella sentía por Carlos. Luego dijo:

—Cuando me dijiste si yo quería irme contigo; yo pensé que era porque tú querías hacerme tu esposa. Dime, ¿me equivoque?

Carlos no dijo nada por unos segundos, luego dijo:

—No…, Dame tiempo.

—¿Tiempo?... ¿Tiempo para hablar con tus padres de nuestro amor?

Preguntó Casandra con voz dulce.

—Dame tiempo, tú ten paciencia.

Y calló a Casandra con un beso largo. Y después de unas horas, regresó a Casandra a la vivienda de la servidumbre. José dirigió los caballos a la caballeriza, y Casandra entró al cuartel de la servidumbre. Tan pronto como entró, una mujer joven le dice:

—Casandra, así como te sacó a ti hoy a pasear; mañana me sacará a mí, o a otra.

Casandra escuchó a la joven mujer, y luego se retiró a su cuarto. Y ese comentario hizo opacar la felicidad que traía Casandra por haber estado con Carlos. Entró a su cuarto y se acostó en su cama pensando en el hermoso momento que pasó con Carlos. Luego sonaron la puerta de su cuarto y Casandra se paró a abrirla.

—Hola, María, pasa.

—¿Pasaste, buen tiempo?

—Sí, María, María, me dijo que sí me quiere, y que le dé tiempo, y tenga paciencia para que él hable con sus padres de nuestro amor.

—Hay, Casandra, eres muy inocente, y sin experiencia de la vida, eso nunca va a pasar. Al rato me va a traer otra mujer joven como tú, y poco a poco te va a ir olvidando, y yo tendré que correr a una más de las mujeres viejas para hacer lugar para la mujer joven.

—No, María, yo haré que él cambie. Por el amor que nos tenemos; el cambiará, y me hará su esposa, y él será un hombre recto y de bien.

—Muy bien, hija, tu mantén viva tu esperanza. Yo venía a preguntarte si quieres ayudarme en la cocina.

—Sí, María, me baño, me cambio de ropa, y más tarde te veo en la cocina.

—Muy bien, Casandra, allá, te espero.

Y así, pasaron los días, Casandra aprendió de María, y debes en cuando salía con Carlos a cabalgar en su caballo blanco. Pero poco a poco Carlos se empezó a olvidar de ella. Y por las noches lloraba tristemente en el silencio de la noche. Y su vida se convertía cada día más en un infierno por el desprecio y los insultos de la mayoría de las mujeres jóvenes. La mañana siguiente, Casandra se levantó, se bañó, se vistió y se fue a la cocina. Cuando llegó vio a una mujer joven y hermosa, frágil como una flor, que recibía enseñanza de María, Casandra se acercó, y María le dice:

—Mira, Casandra, ésta es una nueva muchacha que nos acaba de traer el príncipe Carlos.

Casandra miró a la mujer que era más joven que ella, y sintió pena por la frágil y joven mujer, y sintió una tristeza muy profunda en su corazón. Sostuvo sus lágrimas, la abrazó, le dio un beso en la mejilla, y se retiró a su cuarto a llorar. Se llegó la noche, se puso bonita, y se dirigió hacia la habitación del príncipe Carlos, al estar cerca de la habitación del príncipe Carlos miró que el príncipe hacía pasar a su cuarto a Isabel, quien era quien le hacía pasar más malos momentos a Casandra por sus mentiras e intrigas. Pues Isabel nunca quiso a Casandra, porque le tenía envidia. Casandra se retiró a su cuarto, y se acordó de las palabras de María, de que el príncipe Carlos poco a poco la olvidaría. Y lloró por un largo rato, y después se quedó dormida.

Por el otro lado, las mujeres que odiaban a Casandra, planearon para que María se pusiera a contra de Casandra. Le llegaban chismes de que Casandra decía que pronto ella sería la jefa principal, y que tan pronto fuera la jefa; ella correría a María porque ya estaba muy vieja. Y poco a poco le fueron envenenando el alma a María. Pasaron los días, y Casandra notaba el cambio de María, ya no era amable con ella, la ignoraba, y sentía el desprecio de María hacia ella. Pues las otras mujeres ya le habían envenenado el alma a María. Casandra ya no pudo más, pues María era la única amiga que tenía allí, y ya sin María estaba completamente sola. Entonces Casandra le pregunta a María:

—María, ¿por qué me tratas así? ¿Por qué has cambiado conmigo?

María la agarró de la mano bruscamente, la jaló hacia un cuarto, y le dice:

—Eres igual que todas, yo te brindé mi apoyo y mi amistad.

—Lo sé, María, tú eres la única amiga que tengo.

—¿La única amiga que tienes? A las amigas no se les hace daño.

—¿¡Daño!? No te entiendo, María, ¿qué daño te he hecho yo a ti?

—Todavía no, pero has dicho que cuando seas la jefa principal me vas a correr por vieja.

—No, María, eso es una mentira, yo jamás he dicho tal cosa, te lo juro por mis padres que ya murieron de que yo nunca he dicho eso. Te han envenenado el alma contra mí las mujeres que me odian. Y yo nunca he deseado tu puesto.

Casandra con lágrimas en los ojos le agarró las manos a María diciéndole que lo juraba que ella nunca había dicho tal cosa, y al mismo tiempo poniéndose de rodillas.

—No, hija, no hagas eso, te creo.

—Gracias, María.

—Muy bien, seca esas lágrimas y olvídate de todo.

Y Casandra abrazó fuertemente a María, y nació el afecto de María hacia Casandra. Luego se fueron a la cocina, cuando llegaron un creado traía una nota para María, se la entregó y salió de la cocina. La nota decía que pusiera bonita a Casandra, porque el príncipe Carlos la iba a llevar al banquete que estaba siendo preparado para sus amigos allí en el castillo. Casandra fue arreglada como una princesa, y María le dice:

—Eres más bella que una princesa real. Si el príncipe Carlos no te hace su esposa, no sabe lo que pierde.

Luego María llamó a dos centinelas, y les ordenó que llevaran a Casandra al salón donde se llevaba a cabo el banquete. Casandra caminaba siendo escoltada por los centinelas, y a las mujeres de la servidumbre las carcomía el coraje y la envidia hacia Casandra viéndola pasar vestida como una princesa. Casandra llegó al salón, y empezó a bajar las escaleras, y todos los hombres voltearon a ver a esa bella mujer que bajaba las escaleras, y Casandra se sentía feliz pensando que por fin el príncipe Carlos le empezaría a darle su lugar. El príncipe Carlos fue a su encuentro, la tomó de la mano, y le dice:

—Eres una mujer muy hermosa.

Casandra le dio las gracias con una sonrisa. Y siguieron bajando las escaleras. Llegaron a la mesa principal donde estaban los amigos más importantes del príncipe, y les dice:

—Ésta es Casandra.

—Eres una mujer muy bella.

Dijo uno de los amigos del príncipe.

Luego el príncipe Carlos dice:

—Tu acompañante también es muy bella.

Se sentó Casandra y el príncipe Carlos en la mesa, luego un creado le sirvió vino a Casandra y al príncipe Carlos, después les puso toda clase de frutas, semillas y comida en la mesa. Tomaban y conversaban los hombres, no había lugar para una conversación con las mujeres, y Carlos de vez en cuando miraba a la mujer de su amigo la cual le daba miradas coquetas y le enseñaba las piernas alzándose el vestido discretamente. Luego el príncipe Carlos le dice a su amigo:

—Pues tienes una mujer muy bonita como acompañante.

Y luego le pregunta a la mujer:

—¿Cómo te llamas?

—Elisa, me llamo, Elisa.

—Bonito nombre.

—Gracias.

Luego el amigo del príncipe le pregunta al príncipe Carlos:

—¿Te gustaría pasar una noche con ella?... Pero ya sabes el precio.

Y luego el amigo del príncipe le dice a Casandra:

—tú sabes ¿cuál es el precio que tiene que pagar Carlos si se lleva a mi mujer?

—No.

Contestó, Casandra.

—El precio es que tú tienes que pasar la noche conmigo.

Luego le volvió a preguntar a Carlos:

—Carlos, quieres pasar una noche con mi mujer.

—Sí, quiero.

Contestó Carlos mirando a la mujer de su amigo, luego Carlos le dice a Casandra:

—Casandra, tú dices que me amas; por el amor que me tienes; tú, ¿pasarías la noche con mi amigo, para yo pasar la noche con su mujer?

—¡Claro que no! Mi amor y mi cuerpo nomas son para ti.

Luego el príncipe Carlos ya borracho, dice:

—Pues si no es por amor, va hacer por órdenes de tu príncipe.

Y pone de pie a Casandra, y luego la sienta en las piernas de su amigo, el cual la abraza de la cintura. Casandra quitó bruscamente las manos del hombre que la tenía abrazada de la cintura, se levantó bruscamente, y salió del banquete. A Casandra se le derrumbó la ilusión y la esperanza de hacer cambiar al príncipe Carlos, y se dio cuenta que el príncipe Carlos no la quería, y que era el hombre más ruin que pudiera existir en esta tierra. Caminó por los pasillos del palacio hacia la vivienda de la servidumbre con lágrimas en los ojos y sintiendo un dolor muy profundo en su corazón. Entró por la cocina donde las mujeres preparaban parte de la primera comida para el siguiente día. Y una mujer le dice:

—Tú siempre con la cabeza estirada, te crees mucho más que nosotras.

Casandra se acercó más a las mujeres que observaban el vestuario de Casandra, la belleza, el porte de una mujer orgullosa y segura de sí misma, y dijo:

—No, no porque camino con la cabeza erguida me creo más que ustedes, o soy más que ustedes, no, yo no soy más que ustedes, pero tampoco soy menos. Yo, soy yo, y yo me doy mi propia importancia, y mi propio valor, no la importancia que me dan ustedes, o el valor que me dan los hombres, por lo tanto, yo me doy la importancia y el valor de ser grande, yo soy una mujer, y yo soy una mujer grande.

Y apuntando a una mujer le dice.

—Tú, eres quien has decidido ser, si te das la importancia de ser una mujer grande, eso eres tú, si te das la importancia de no valer nada, no vales nada, tú decides quien eres tú... Muchas de nosotras hemos sido víctimas de caer en las garras de una bestia de rapiña, hemos sido víctimas de caer y ser presas de los más bajos y sucios instintos animales del hombre, hemos sido víctimas de la opresión de un hombre rico y poderoso, de corazón malo, de una alma podrida y de un cuerpo impuro, pero su cuerpo impuro no ha llegado a nuestro espíritu puro, y sus impurezas no nos han hecho impuras. Hemos sido víctimas de los instintos animales del hombre, y han tomado nuestros cuerpos para satisfacer su lujuria, y han aplastado nuestros sentimientos como flores frágiles del campo con sus encantos, riquezas y poder. Pero eso no ha disminuido nuestra grandeza, eso no ha destruido la pureza de nuestra alma y de nuestros sentimientos. Hemos sido víctimas de la impureza, putrefacción y podredumbre de un hombre malo e impuro. Pero su impureza no ha destruido nuestra esencia divina de ser una mujer. Seguimos siendo mujeres. Y seremos la mujer que cada una de nosotras escoja ser.

Todas escucharon a Casandra como si la propia reina de ese castillo se dirigiera a ellas, unas se identificaron con el mensaje, y las inspiró Casandra. Pero todas se dieron cuenta, que aunque no mencionó el nombre del príncipe Carlos, se refería a él. Y las mujeres que odiaban a Casandra tuvieron una razón para acusar a Casandra ante el príncipe Carlos de lo que había hablado sobre él. Casandra se retiró a su cuarto con lágrimas en los ojos, el corazón roto, y la desilusión más grande que puede sentir una mujer en su alma y su corazón. Isabel se dirigió hacia donde se llevaba a cabo el banquete con la intención de contarle todo lo que habló Casandra sobre el príncipe Carlos.

María llegó al cuarto de Casandra con dos mujeres, abrió la puerta sin tocar, y les dice a las dos mujeres:

—Vamos, desvistan a Casandra. Casandra, te tienes que marchar esta noche, tan pronto como le cuenten al príncipe Carlos de lo que hablaste esta noche; te mandará a arrestar. Voy a pedirle a José que tenga listo tu caballo y a prepararte unas provisiones para el camino.

Isabel llegó al banquete y empezó a bajar las escaleras, Isabel era una mujer muy bonita que el príncipe Carlos hacia unos años había traído al castillo y la cual también estaba muy enamorada del príncipe Carlos.

—Eh, ahí, a tu mujer de esta noche.

Dijo el príncipe Carlos a su amigo mirando a Isabel bajar las escaleras, Isabel se dirigió hacia donde estaba el príncipe Carlos, y Carlos la tomó de las manos y, le dijo:

—Tú vas a pasar esta noche con mi amigo.

Y se la entrega a su amigo. Luego la mujer de su amigo se sentó al lado del príncipe Carlos. El amigo del príncipe le sirvió vino a Isabel, y la sentó al lado de él. Isabel le tomó y jaló la mano del príncipe Carlos, y le dice:

—Tengo que decirte algo sobre Casandra.

El príncipe Carlos puso toda su atención cuando Isabel mencionó a Casandra. Luego dijo delante del amigo del príncipe, y de la mujer del amigo que ya acompañaba al príncipe:

—Casandra dijo que tú eres una bestia de rapiña; que fue víctima de tus más bajos y sucios instintos animales; que tienes el corazón malo y el alma podrida; que ella fue víctima de tu cuerpo impuro, de tu putrefacción y de tu podredumbre. Y tengo por testigo a todas las mujeres de la cocina.

El príncipe no podía creer que una mujer se expresara así de él. Y le creció la ira más inmensa que un hombre puede sentir, y sintió el odio más terrible e inmenso que un hombre puede sentir hacia una mujer. Y tiró la mesa donde estaba sentado, e hizo que llamaran a los guardias del castillo, y les ordenó que arrestaran a Casandra.

Llegó María al cuarto de Casandra con dos bolsas de provisiones para el camino, y le pregunta:

—¿Ya estas lista, Casandra?

—Sí, María.

Salieron rumbo a la caballeriza donde José ya tenía el caballo blanco listo para ser montado por Casandra, Casandra montó el caballo, y mientras María le daba las bolsas de las provisiones, llegaron los guardias, detuvieron el caballo, jalaron a Casandra del caballo y Casandra cayó al suelo, la pusieron de pie y la condujeron a una celda del castillo.

Llegó un guardia al salón del banquete, y le dice al príncipe Carlos:

Ya está Casandra en una celda, su alteza.

—Muy bien, mañana la entregan a la santa inquisición.

Dijo el príncipe Carlos. Luego el guardia le pregunta:

—¿Acusada de qué? Su alteza.

Luego Isabel dijo:

—De bruja.

—De bruja.

Le dijo el príncipe Carlos al guardia y el guardia se retiró.

La siguiente mañana, Casandra fue llevada a la mazmorra de la santa inquisición. Fue entregada a los soldados, y el inquisidor le pregunta a uno de los guardias que la entregaba:

—¿De qué se le acusa?

—De bruja, señor.

—¿Quién la acusa?

—El príncipe, Carlos.

—¿Cómo puede ser que una mujer tan hermosa como tú seas una bruja?

Le dijo el inquisidor a Casandra, y luego le dio órdenes a los soldados de que la encerraran. Casandra entró a la celda, se acostó de lado sobre una cama de piedra que tenía una cobija, se encogió de piernas y empezó a llorar. El inquisidor empezó el trámite para el juicio de la inquisición, lo cual era que formalmente en secreto dos testigos dijeran que sí, que Casandra era una bruja. También llenó el documento solicitando el testimonio del príncipe Carlos, y empezó la investigación. A los pocos días, se presentaron varias mujeres a testificar que Casandra era una bruja, y que la habían visto por varias ocasiones implorando al diablo. Luego llegó el príncipe Carlos a testificar sobre Casandra ante los jueces de la santa inquisición. Había tres curas y un obispo, y el obispo le pregunta:

—¿Por qué acusas a Casandra de bruja? ¿Qué pruebas tienes contra ella?

—Yo, andaba de cacería con mis amigos, y fuimos atacados por unos bandoleros, mis amigos murieron y yo también fui dejado allí por muerto. Desperté, me puse de pie, y camine sin saber a dónde caminaba, más tarde fui sorprendido por cuatro lobos que estaban a punto de devorarme, Casandra apareció, les gritó a los lobos para que no me atacaran, y los lobos le obedecieron como mansos corderitos, y luego se postraron al lado de ella.

Luego un cura dice:

—Para que esas bestias le obedezcan a una mujer, y tenga todo el control sobre las bestias, debe de tener pacto con el diablo.

Luego el príncipe Carlos prosiguió:

—Después curó mis heridas haciendo brebajes de hierbas y haciendo invocaciones. Y una vez sano yo, usó sus encantos de bruja para poseer mi cuerpo. ¡Y mi cuerpo ya no es puro!

—No, hijo, tu cuerpo sigue siendo puro, porque tú no tienes la culpa. Fue el poder de su brujería.

Dijo el fraile más callado. Luego otro padre dice:

—¡Ésta es una abominación!

El príncipe Carlos salió de la sala de la interrogación, y los jueces de la inquisición encontraron culpable a Casandra allí mismo.

El siguiente día, se llegó el juicio de Casandra, al presentarse, mostraba golpes en la cara, lo que quería decir que ella ya había sido abusada por los guardias, porque así golpeaban a las mujeres cuando ellas se resistían. Y los jueces sabían eso. Luego el obispo le dice:

—Niña, sabemos que eres una bruja, y que tienes alianza con el diablo, pero queremos que tú confieses de lo que se te acusa.

Casandra dijo:

—Padre, si confieso, ¿mi alma se salvará?

—Si confiesas y te arrepientes de haber sido una bruja, y de haber tenido alianza con el diablo, sí, niña.

—Padre, tú eres un hombre bueno, compasivo y misericordioso, y tienes este trabajo difícil para rescatar nuestras almas perdidas, y el cielo se alegra cada vez que tú rescatas una alma perdida.

Las palabras de Casandra hicieron inflar de orgullo al prelado como un pavo real y le hizo sentirse un santo.

—Padre, si confieso que soy una bruja; por tu gran misericordia, y por tu bondad tan grande que tienes dentro de tu corazón; me concederías como quiero yo morir.

El prelado se sintió acorralado por las palabras de Casandra, pero al mismo tiempo pensó concederle el deseo a Casandra, y así darles una lección de misericordia a los frailes que estaban a su lado. Y dijo:

—Sí, hija. Ahora confiesa.

—Sí, padre, soy una bruja y me arrepiento de mis pecados.

—Muy bien, hija, no temas, he salvado tu alma. Ahora dime ¿Cómo quieres morir?

—Quiero que me corten la cabeza en la guillotina.

—Así, será, hija.

Y retiraron a Casandra de la presencia de la corte del tribunal de la santa inquisición. Y el tribunal dio órdenes de hacer públicamente que la bruja del bosque iba hacer ejecutada mañana al medio día en la plaza de la ciudad. Y la noticia corrió como pólvora hasta el último rincón de la ciudad, de que la bruja del bosque sería ejecutada mañana al medio día en la plaza de la ciudad. Y los viejos decían:

—Tantos años duraron para atrapar a Alicia "la bruja del bosque".

Y se comentaba por todas partes de que Alicia la bruja del bosque nunca había envejecido, y que había mantenido su juventud y su belleza, y que muchos que conocieron a Alicia ya la habían visto, y juraban que era ella.

El día siguiente, llegaron los soldados a la plaza con Casandra. Donde toda la ciudad se reunió para presenciar la ejecución de la bruja del bosque. Y todos querían ver a Alicia, y los hombres, y las mujeres mayores decían:

—Sí, sí es, Alicia, la bruja del bosque.

Y se admiraban al ver que no había envejecido. Y eso sólo tenía una sola explicación: de que le había vendido el alma al diablo por su juventud.

Pusieron la cabeza de la bruja del bosque en la guillotina, Y Casandra vio el par de lobos blancos en frente de ella, y la paz más dulce que puede sentir un ser humano se apoderó de ella, y les dijo:

—Pensé que nunca más los volvería a ver.

Se acercó un cura y le pregunta:

—¿Estas lista, hija?

—Sí, padre.

Y el cura bendijo a la bruja del bosque, e hizo la seña para que soltaran la pesada navaja.

Casandra aulló como lobo para hacerle saber a sus amigos los lobos que ella había llegado, los lobos salieron de la cueva y rodearon a Casandra, Casandra los empezó a acariciar y después poco a poco se desvaneció. Luego todos los lobos empezaron a aullar al no ver más a Casandra.

FIN